KB127708

붉은 무늬 상자

붉은 무늬 상자

김선영 장편소설

특별한서재

차례

나무가 삼켜버린 집

엄마가 돌계단에 앉아 울고 있다. 돌 틈 사이, 스르륵 움직이는 것을 보고 내가 놀라 소리치며 돌아설 때였다.

"저, 저거, 배, 뱀, 뱀 아니야?"

엄마가 무릎 사이에 얼굴을 묻고 있다가 고개를 들었다. 엄마의 얼굴이 물기로 번들거리는 걸 그때 보았다. 엄마가 우는 것은 처음 본다. 뜨악한 얼굴로 엄마를 바라보다 돌 틈을 다시 돌아보았다. 분명히 기다란 그 무엇이 움직였는데, 아무것도 없다. 헛것을 본 것인가, 보호색을 띤 것처럼 바위와 비슷한 색깔의 비늘이 반짝이며 움직였는데.

엄마는 내 손을 우악스럽게 잡아끌며 말했다.

"뱀은 무슨, 지금 뱀 나올 시기도 아니야."

엄마는 눈두덩을 훔치며 씩씩하게 발걸음을 옮겼다. 걸을 때마다 쌓인 낙엽의 푹신함으로도 흡수되지 않는 잔나무 가지 부러지는 소리가 사방으로 퍼졌다.

그러니까, 이 집에 들어선 건 달리던 차를 갑자기 세운 엄마 때문이다. 엄마가 갓길에 차를 대고 길 건너편 야트막한 둔덕을 가리키며 말했다.

"저 집 보이지?"

"참 뜬금없으시네, 어디? 안 보이는데?"

사방이 온통 회색뿐인 2월이다. 겨울도 봄도 아닌 어중간한 간절기. 세상의 사물이 가장 비슷한 색을 띨 때가 2월이라고 했다. 기와지붕도 나무도 풀도 칙칙한 회색으로 일색이다.

"나무들 사이 잘 봐."

"그니까 갑자기 웬 집?"

내가 짜증 묻은 목소리로 되물으며 엄마가 가리키는 차창 밖을 바라보았다. 무수한 잔가지 사이로 회색 기와지붕이 보였다. 그야말로 숨은 그림 찾기 하듯 살펴야지만 보일 정도로 나무가 호위무사처럼 그 집을 에워싸고 있다. 회색의 나뭇가지 사이로 지붕선이 가까스로 드러나 있었다. 저기에 집이 있다니, 아니 있었다니.

"폐가잖아, 귀신 나올 것 같아."

"엄마 어렸을 때 살던 집이랑 위치도 그렇고 분위기가 비슷해. 어쩐지 여기 지날 때마다 가슴이 우릿하니 이상했어."

"왜?"

"몰라. 모르겠어, 가보자."

"지금? 갑자기?"

엄마는 워낙 뜬금없이 움직일 때도 많아 새삼스러울 것도 없지만 폐가에 가는 건 정말 내키지 않았다.

"같이 가면 덜 무서울 것 같아."

엄마는 그 집으로부터 눈을 떼지 않고 차에서 내렸다. 내 대답 같은 건 이미 필요 없었다. 엄마는 2차선 도로를 가로질러 마른 풀숲을 헤치고 폐가 속으로 들어갔다.

집 앞에는 누렇게 뜬 억새가 엄마 키를 덮고도 남을 만큼 자라 있다. 길도 없는 곳에 길을 내며 가는 엄마가 불안했다. 엄마는 내가 따라오거나 말거나 신경 쓰지 않고 그 집으로 향했다. 마치 급한 볼일이라도 있는 양, 누군가 손짓하며 부르기라도 하는 양.

허둥지둥 차에서 내려 엄마가 길을 내며 간 곳을 따라갔다. 억새 잎이 눈을 찔렀다. 기겁하며 손으로 젖히자, 날카로운 것이 손등을 그었다. 칼날에 스친 것처럼 뜨끔했다. 머리칼이 쭈뼛 서면서 아래턱부터 소름이 끼쳤다. 피가 빨갛게 피어올랐다. 손등이 쓰렸다.

마당이 꽤나 넓은 편인데 나무들로 꽉 차 있다. 그래서 바깥에서는 지붕선만 가까스로 보였던 것이다. 호위무사가 마당 바깥을 둘러싸고 안에는 병사가 도열하듯 나무가 빼곡했다. 분위기가 기이했다. 비워둔 지 꽤 오래된 것 같았다. 제멋대로 자란 나무들 때문에 마당 안은 나뭇가지로 얼키설키 얽혀 있다.

"집의 뼈대가 그대로 살아 있네."

나뭇가지에 옷이 잡아 뜯겨도 엄마는 신경 쓰지 않고 집을 둘러보며 말했다. 벌레가 손등으로, 목덜미로 스멀거리며 기어오르는 것 같아 나는 더 이상 가고 싶지 않았다.

"그만 가지!"

내가 소리쳐도 엄마는 직진만 아는 것처럼 나뭇가지를 헤치며 그 집 뜨락으로 올라섰다.

"살림살이도 그대로 있는데?"

엄마는 혼잣말처럼 뇌까린 뒤 그 집 안으로 빨려 들어가듯 마루를 지나 방 안으로 사라졌다.

하룻밤 사이에 살던 사람들은 사라지고 나무들로 들어찬 뒤, 거미줄과 먼지와 낙엽이 켜켜이 앉으며 세월을 새긴 집 같았다. 엄마가 보이지 않자 불안하고 무서웠다. 등짝이 선득할 정도로 오래된 폐가였다. 나는 어쩔 수 없이 엄마와의 거리를 좁히기 위해 발길을 따르면서도 은연중에 그 집 내부를 살폈다. 주위를 경계하며 방어하기 위해 가시를 잔뜩 세운 고슴도치가 된 기분이었다.

부엌 선반의 그릇도 마루 아래 신발도 그대로 있다. 그중 단연 눈에 띈 건 마루 한가운데에 놓여 있는 여자 구두였다. 안방과 건넌방 사이, 기역 자로 꺾인 제법 널찍한 마루 한가운데 놓여 있다. 가지런히 모아둔 그대로, 삭아가는 가죽 구두였다. 허옇게 빛이 바래고 습기로 가죽이 들떴지만 원형은 그대로였다. 좀 섬뜩했다. 누군가 사인이라도 해놓은 것처럼 그 구두만 마루 위에 오뚝하니 가지런했다.

집의 오른편은 약간 허물어져 있다. 지붕 한쪽 끝이 내려앉았는데 대들보가 버티고 있는 덕에 완전히 주저앉지는 않았다. 마치 팔 한쪽을 지붕에 가까스로 걸치며 버티고 있는 것처럼 보였다.

대들보에는 한문으로 글자가 쓰여 있다.

"저걸 상량문이라고 해."

내가 고개를 젖히고 대들보를 유심히 보자 엄마가 손가락으로 가리키며 말했다.

"그게 뭔데?"

"이 집에 대한 기록."

엄마는 어느새 집 내부까지 둘러본 모양이다. 엄마가 걸음을 옮길 때마다 마루에서 삐걱삐걱 우는 소리가 났다.

"무너지는 거 아니야? 그만 가지."

마루가 꺼지거나 지붕이 주저앉을 것 같은 두려움이 엄습했다.

"저 대들보 굵기 좀 봐, 저거 덕분에 이 집이 버티고 있는 거야."

엄마는 딱히 누구에게랄 것도 없이 혼잣말처럼 집 안을 둘러보며 뒤이어 덧붙였다.

"상량문을 보니 생각보다 오래된 집도 아니야."

대들보는 마치 어제 해 올린 것처럼 세월의 때가 묻지 않았다. 까맣게 색이 변한 서까래와는 확연히 다르게 뽀얗다 못해 노랗다.

나는 온통 뱀이 득시글댈 것 같은 공포에 사로잡혔다. 어디에서 어떤 흉물스러운 것이 나온다 하더라도 이상할 게 없는 광경이었다. 그러한 풍경 속에 엄마와 내가 들어와 있는 게 외려 이상했다.

마당에는 갖가지 나무들이 제멋대로 자라 있고 뒤뜰 장독대에도 항아리가 그대로 있다. 마당을 빙 둘러싸고 야트막한 돌담이 둘러쳐져 있어서, 아주 정성스럽게 가꾼 정원임을 짐작할 수 있다. 오랫동안 방치하는 바람에 나무들에 점령당해 정원인지 숲인지 분간 가지 않을 만큼 우거져, 마치 유적 발굴하듯 집의 원형을 그려보아야 했다. 그나마 겨울의 끝자락이라이 집이 보인 건지도 모르겠다. 초록으로 무성해지는 계절이었다면 바깥에서는 보이지 않았을 것이다.

어떤 사람들이 어떻게 살다 간 것일까. 나도 궁금해지기 시작했다. 마루 위에 놓인 구두에 자꾸만 눈길이 갔다. 그럴 때마다 누군가가 내게 말을 걸어오는 듯한 느낌이 들었다.

긴장을 풀지 않고 어깨를 웅크린 채 집을 둘러볼 때 담장 돌틈 사이에서 뭔가 움직이는 것을 본 것이다. 뱀 같았다. 내 두 다리는 땅에 붙어버린 듯 꼼짝할 수 없었다. 조금이라도 움직이면 돌 틈 사이에서 머리를 쑥 내밀고 공격할 것 같았다. 간신히 고개를 돌려 엄마를 찾았다. 그때 엄마가 뜨락 아래 돌계단에 앉아 울고 있는 것을 보았다. 보무도 당당하게 들어와 아주 씩씩하게 집을 둘러보던 사람은 온데간데없다. 쭈그리고 앉아 엄마는 무슨 생각을 했던 걸까. 그리고 왜 울었을까, 납득이 가지 않는 상황이었다.

"가자."

엄마는 눈두덩을 훔치며 눈물과는 상반된 어조로 산뜻하게 말했다.

"뭔데? 왜 이러는데?"

"나중에, 나중에 얘기해줄게."

엄마는 내 손을 잡아끌고 나뭇가지를 젖히며 야트막한 돌담을 넘었다.

"늦겠다, 얼른 가자."

나는 학교 기숙사로 들어가는 중이다. 겨울 방학을 끝내고 중3 새 학기가 시작되어 기숙사에 짐을 넣으러 가던 중에 엄마가 폐가에 꽂혀 들어가게 된 것이다.

나는 작년 가을 무렵 아토피 치료를 위해 여기 산골 학교로 전학을 왔다.

"이상해."

엄마는 학교를 향해 운전을 하며 혼잣말처럼 말했다.

"뭐가?"

"이 길을 그렇게 자주 다녔는데 왜 지금 저 집이 눈에 들어왔을까? 너도 처음 봤지?"

"나야, 당근 그렇지. 난 엄마가 저 폐가에 관심을 갖는 게 더 이상해. 폐가가 지금 눈에 띈 게 이상한 게 아니라."

엄마는 아까부터 뭔가에 홀린 듯 내 말에는 건성이었다. 반응이 1~2초 늦거나 아예 대꾸가 없거나.

엄마는 주말마다 나를 데려다주고 오느라 이 길을 수없이 다녔다. 그러다 어느 날은 "이 근처에 집을 얻어 살까?"라고 말할 정도로 이곳 은사리를 마음에 들어 했다. 그럴 때마다 내가 기겁하며 말렸다.

"됐거든요, 엄마는 엄마 세계로 가세요."

나 때문에 엄마의 세계까지 없어지는 게 싫었다. 아니 미안했다. 그동안 아토피뿐만 아니라 내 잔병치레 때문에 잘나가던 엄마의 사업을 접어야 했다. 지금 엄마의 삶은 꿈꾸던 삶이 아닐 것이다.

이곳으로 전학 온 후 어느 정도 지나자 거짓말처럼 아토피가 좋아졌다. 아주 말끔하진 않지만 서울에 있을 때와는 다르게 눈에 띄게 호전되었다. 엄마가 온갖 정성을 다해 식이요법부터 목욕요법, 온갖 테라피까지 해도 차도가 없었는데 이곳에 온 후 한 학기 정도 지나자 서서히 가라앉았다. 무슨 요인으로 좋아졌는지는 알 수 없다. 그간 엄마가 해온 테라피가 먹힌 건지, 교장 선생님 말씀대로 깨끗한 공기와 땅과 물의 힘인지 알 길은 없지만 상태가 좋아지고 있는 것만은 확실했다.

그래서 나도 다른 불만을 붙이지 않고 이 학교를 다니고 있다. 친구들도 도시 아이들 같지 않은 순박함이 있다. 이 동네 아이들은 유치원 때부터 지금까지 붙어 다닌다. 같은 유치원, 같은 초등학교, 같은 중학교를 다니고 있는 것이다. 그것도 한 반밖에 없기 때문에 평생을 함께 보낸 거나 마찬가지이다. 아이들의 첫인상은 좀 폐쇄적으로 보였다. 특히 외부인을 경계하는 눈빛이 역력했다. 영역을 침범하는 자에게 보내는 호기심보다 경계심이 더 크게 드러났다. 그 안에 각자가 경계하는 사연은 다르겠지만 그들만의 폐쇄된 성이 따로 있는 것만은 확실해 보였다. 그건 전학 첫날 단박에 느낄 수 있었다. 외부 사람을 경계하는 듯한 조심스러움이 느껴졌고 그들만의 공공 연한 비밀이 떠도는 것도 알게 되었다. 가령 어떤 오빠랑 어떤 여자 후배가 잤다는 얘기는 나 같은 외부 사람에게나 비밀이 지, 그들 나름대로는 다 알고 있지만 드러내놓고 말하지 않는 비밀이었다. 그럴 때마다 나는 못 들은 척 아는 체하지 않았고 알려고도 하지 않았다. 솔직히 좀 무서웠다. 말이 도는 수위가 감당하기 벅찰 정도로 야생성이 강렬했다. 그러다가 도시에 서 전학 오는 아이들이 하나둘씩 생겨나고 그들과 나의 공통 점인 이방인 정서가 형성되기 시작했다. 그러니까 그들만의 연대, 그들만의 세상이 존재했던 것처럼 나같이 전학 온 아이 들은 또 그들만의 이방인 정서를 갖게 된 것이다. 전학생은 어 떤 한 세계에 정식으로 속해 있지 않기 때문에 언젠가는 떠날 거라는 걸 다들 알고 있는 듯했다. 나이가 어릴수록 본능적으 로 그러한 것쯤은 간파하고 있는 게 신기했다. 스스로의 힘이 너무 약하니까 살아남기 위한 본능의 발로일까.

내 아토피 증상은 사회생활, 그러니까 어린이집 단체 생활 을 하면서 시작되었다. 처음엔 간단한 피부 발진인 줄 알고 엄 마도 내게 스테로이드 연고만 발라주었는데, 해결되지 않자 이 병원 저 병원 순례한 끝에 아토피 진단을 받았다. 그때부터 지난한 싸움이 시작됐다. 애초에 스테로이드 연고 처방부터 잘못됐다는 것을 알고 엄마가 두고두고 미안해했다.

목덜미와 얼굴에 생긴 붉은 반점과 하얀 거스러미, 건조함으로 피부가 온통 발작처럼 일어날 때 아이들은 내 물건조차 스치는 것을 싫어했다. 마치 병을 옮기는 고약한 바이러스 취급당하는 기분이었다.

"옮기는 거 아니거든."

내가 단호하게 말해도 아이들은 슬금슬금 피했다.

그렇다고 그렇게 슬퍼하지는 않았다. 책을 보거나 게임을 하는 등 혼자 놀 수 있는 일로 상처받지 않기 위해 애썼기 때문이다. 실은 끊임없는 자기 세뇌를 한 결과이다. 아이들의 그런 반응을 되도록 모른 척하려고 애쓴 결과물이기도 하다. 아이가 참 밝다는 말을 엄마도 나도 많이 들었다. 그 속뜻에는 '그런 몹쓸 병을 가지고 있는데 어떻게 그렇게 밝을 수가 있어요?'라는 반문이 들어 있는 말이라는 것을 안다. 엄마는 내가 과장되게 밝은 척하려는 것도 알고 있다. 때론 척이라는 것도 나름 노력의 하나라고 생각한다. 그 노력이 먹힌 건지 모르겠지만 시간이 지나자 아이들도 크게 신경 쓰지 않았다.

엄마가 가장 우려한 것은 그런 분위기 속에 내가 집중적으로 시선을 받으며 대인기피증 내지 우울감을 앓는 아이가 되지 않을까 하는 거였다. 사회성이 필요한 곳이면 아이들은 영락없이 이런 질문으로 말문을 터왔으니까.

"너, 어디가 아픈 건데?"

인사처럼 이렇게 말을 걸어온 뒤 왠지 조심하는 것처럼 세상 안된 눈으로 쳐다보곤 했다. 또래들의 눈빛은 그런대로 참을 만했다. 유치원 선생님들은 세상 다루기 까다로운 유리그릇을 맡은 것처럼 난감해하는 눈빛이었다. 그야말로 내가 요주의 인물이 되는 것이다. 너무 배려하는 것도 배려가 아니라, 무례이다. 내가 충분히 할 수 있는 것도 하지 못하도록 원천 봉쇄하였다. 배려라는 명목하에, 그만큼 나를 부담스러워했다.

그에 비해 엄마는 내가 죽을 일이 아니라고 생각하면 크게 배려하는 게 없다. 어디든 보내고 싶어 했고 무엇이든 해보라고 했다. 어디든 적응해야 하는 게 맞고 무엇이든 경험해보라고 했다. 겁먹지 말고, 쫄지 말고, 무엇이든 도전했으면 좋겠다고 했다. 해보고 문제가 생기면 그때 해결하면 된다고 지레 겁먹지도 쪼그라들지도 말라고 했다. 아주 부정적인 상황에서도 긍정적인 요소를 찾아내는 사람이 엄마다. 심지어 내 아토피 덕분에 이 고장과 연을 맺은 것도 감사한 일이라고 했으니 내가 감히 불만을 가질 계제가 되지 않았다. 나는 엄마의 그런 무한 긍정이 버거울 때도 많다. 마치 나를 엄마의 용량과 맞먹게 설정해놓고 강요하는 것 같다. 그럴 때마다 나는 앞으로 나가는 것이 아니라 뒤로 주춤주춤 물러서게 된다.

엄마가 그 집을 나설 때, "가자" 하며 산뜻한 목소리로 말한 데는 이유가 있다. 내 직감이 맞았다. 이미 엄마는 어떤 결정을 내렸기 때문이다. 그 집을 사기로 한 것이다. 당장 그날 마을의 이장에게 전화를 하고 며칠 안 돼 땅 주인과 연락이 닿은 것 같았다. 이장과 엄마는 서류 한 장을 가운데 놓고 뚫어져라 들여다보며 얘기하는 일이 잦았다. 일은 일사천리로 진행되었다. 그 집의 소유주는 이미 몇 다리 거쳐 넘어가 있는 상태였다. 집을 그대로 둔 채 소유주만 여러 차례 바뀐 집, 그렇다면 이 집을 짓고 살던 사람의 흔적이 고스란히 남아 있는 거라며 엄마는 더 좋아했다. 그게 왜 좋은 건지 난 도무지 이해가 가지 않았다.

왜 아무도 이 집을 건드리지 않은 걸까. 터를 사거나 집을 샀다는 건 용도가 있다는 건데, 재산권만 여러 차례 넘어갔다는 것이다. 행정상 문제가 있는 땅도 아니라고 했다. 그런데 이런 의문점과 의심은 나만 품고 있는 것이다. 엄마는 이미 그런 께름칙한 혐의점은 다 씻은 듯했다.

이다학교의 학부형이 정착한다는 말에 이장은 더욱 호의를 가지고 적극적이었다. 학교에 관심을 갖고 왔다가 정착하는 사람들에게는 군에서 정착금도 지원해줄 정도로 귀촌을 권하는 추세이다. 빈집이 하나둘 늘어나면 마을이 황폐해지는 건 시간문제라며 이다학교의 아이들을 귀하게 여기는 분위기이다. 그러니까 엄마가 전학생 1호 귀촌 주민이 되는 것이다.

　엄마는 한 푼도 깎지 않고 지금의 집주인이 달라는 대로 주기로 했다.

　"여기서 살려고? 산다고? 내 의사도 물어보지 않고?"

　"넌 물어보나마나 반대하겠지."

　"헐, 그걸 알면서도?"

　"이쪽이 기운이 좋아, 네 아토피도 전국 어디를 가도 차도가 없었는데 여기 와서 좀 나아졌잖아. 난 그것만으로도 여기 땅이든 하늘이든 물길이든 다 절을 올리고 싶은 심정이야. 서울과 좀 거리를 둔 곳에 소박한 시골집 하나 마련하고 싶었는데 잘됐어. 너도 이 학교를 졸업한다 하더라도 언제든 내려와 쉬어도 좋고. 사실 다른 곳으로 가면 네 건강 상태가 어떻게 될지 좀 불안한 것도 있어서 보험처럼 여기와 연을 맺어놓아야겠다는 게 엄마의 계획이었거든."

　엄마는 이 집을 결정하게 된 경위가 순전히 나를 위한 것이라며 장황하게 늘어놓는 걸로 내 입을 막았다. 하여간 저 구름 밟는 것 같은 엄마의 낭만주의는 죽어도 버리지 못할 모양이다. 엄마가 엄청난 로맨티스트이긴 하지만 신중하지 않은 건 아니다. 항상 오랫동안 생각하고 결정하는 편인데 이번 것은 너무 빨랐다. 보자마자 결정한 거나 마찬가지이다.

　난 무조건 반대하거나 부정적으로 보는 시선이 강했다. 그

건 어렸을 때부터 타인으로부터 받은 경계의 눈초리 때문에 생긴 성향 같다고 내 나름대로 분석해보았다. 그 집을 사기로 결정한 데에는 내 의견은 중요하지 않았다. 나를 위한 것이라는 명분이 있기 때문이다.

"그래서 그 집이 눈에 띄었는지도 몰라. 이제껏 보이지 않다가 지금에서야 보인 게 너무 신기하지 않니?"

그 집을 발견한 자신이 기특해 죽겠다는 듯, 엄마는 어깨춤까지 추며 좋아했다.

"아빠는?"

저 거침없는 엄마의 질주를 막아줄 사람은 아빠밖에 없다.

"아빠도 대찬성."

"아빠가 찬성이라고?"

와보지도 않고? 또 한 번 뒤통수를 맞은 기분이다.

"전부터 아빠랑 이런 곳을 찾고 있었거든. 너한테 좋은 물과 좋은 공기와 땅 기운을 주려면 공간을 바꾸어야만 가능하잖아. 대도시에서는 어려워. 그간 전국 안 다닌 곳이 없잖니. 지금 학교도 그러다 소개받아 전학을 온 거고. 결국 그때의 선택이 옳았잖아. 그러고 보면 인연이 참 신기해. 엄마는 그거 하나만으로도 이곳이 너무 좋아. 때마침 이 집이 눈에 들어온 이유가 있을 거야."

뜬구름 잡는 식의 저 화법, 또 시작이다. 그런데 저렇게 신

나 어깨춤이 날 정도로 좋아하는데 이 집을 발견한 첫날, 엄마
는 왜 울었던 걸까.

"근데, 왜 운 거야?"

엄마가 흰 명태살에 시래기찜을 얹어 입을 한껏 벌릴 때였
다. 엄마는 수저를 도로 내려놓으며 말했다.

"미안해서."

"뭐가?"

"네 외할머니와 외할아버지한테."

"외갓집하고 무슨 상관이야?"

"엄마 어렸을 때 살던 곳이랑 비슷하다고 했잖아. 버려진 그
집의 상황이 꼭 엄마 어렸을 때 일 같아서. 마치 고향집 마당
에 들어선 것 같았어. 그 순간 명치가 너무 아팠어. 오랫동안
묻어놓은 것이 움찔 움직이는 것만 같았어."

엄마가 배를 문지르며 미간을 살짝 찌푸렸다. 마치 그때의
통증이 떠오르는 듯.

"무슨 일이 있었던 건데?"

"외할아버지 사업 실패하고 어려웠던 시절, 내가 모질게 했
던 게 생각나서. 그때 엄마 집도 이렇게 풍비박산이 났었거든.
거기다 더 미안한 일이 또 있었어."

어른들의 세계는 내가 모르는 게 너무 많다. 납득할 수 없는
것도 없는 거지만 사연이 구구절절 많다. 살아온 세월만큼 두

꺼운 사연을 가지고 있는 것 같았다. 어쩌면 사는 건 자기만의 고유한 사연을 써내려가며 쌓아가는 건지도 모르겠다.

"일이 또 있었다고?"

내가 꼬치꼬치 캐묻자, 엄마는 내게 눈을 흘겨 뜨며 말했다.

"취조 그만하셔, 나중에 때가 되면 얘기해줄게."

엄마는 먹던 밥을 한 숟가락 욱여넣으며 우물거렸다.

"근데 아빠가 여기를 와본 것도 아니고, 무턱대고 찬성을 해?"

아빠의 태도를 믿을 수가 없어서 재차 물었다.

"음음음, 아빠는 엄마가 하는 일이라면 무조건 지지해주는 편이잖아."

하긴 근 이십 년 다 돼가도록 연애하는 기분으로 사는 부부도 드물 것이다. 엄마, 아빠는 내가 보기엔 적어도 서로를 존중해주는 편이다. 각자 싫어하는 부분도 더러 있을 텐데 되도록 싫어하는 것을 하지 않으려고 노력하며 나름 관리하는 부부라는 걸 주변 친구들의 부모를 보며 알았다.

"무조건 지지가 아니라, 관심이 없는 건 아니야?"

내가 삐딱하게 말하자 엄마가 말했다.

"헉, 그럴지도, 호호호. 어쭈, 예리하셔. 한 이십 년 결혼 생활을 해보신 분 같아요, 아가씨."

"엄마는 무슨 말이든 농담처럼 들리는 모양이네. 그래, 그것도 나쁘지 않아. 엄마랑 딸이 좀 바뀐 거 같지 않아?"

"호호호, 네가 엄마 해. 넌 어렸을 때부터 좀 달랐어. 타고난 품이 다르다는 생각을 너를 키울 때 많이 했으니까."

"어른스럽다는 말? 그거 솔직히 좀 듣기 싫거든."

미간을 구기며 짜증 묻은 목소리로 말했다.

"아토피 때문에 그런가, 그래서 너에게 그늘을 만들어준 건 아닐까, 혹 어른스러움이 그런 그늘은 아닐까, 생각해봤는데 아닌 거 같아. 사람의 품은 타고나는 거더라. 뭐가 달라도 달라."

엄마가 품이라는 말을 했을 때, 좀 찔렸다. 엄마가 나를 보는 품과 내가 나를 보는 품은 다르다. 자신의 지질함은 자신이 제일 잘 안다. 얼마나 비겁하고 얼마나 이기적인지 말이다. 비겁하고 이기적인 건 인간이 갖고 있는 천성인지도 모르겠다. 그것 또한 살아남기 위한 보호막이겠지 하며 나를 변명하려 했지만 그것만으로는 가려지지 않는 게 있다.

이다학교로 전학 온 뒤, 그늘 속에 있는 세나를 모른 척할 때 그랬다. 아토피로 인해 친구도 없이 그늘에 있을 때의 나를 보는 것 같아 가슴 한쪽이 싸하게 아팠지만 그런 약한 내 모습을 마주 대하는 것 같아 일부러 고개를 돌리며 피했다. 그런데도 불구하고 나에게 호의를 보이는 세나를 외면했다는 게 정확한 표현이다. 화장실이 어디인지 몰라 두리번거릴 때 그늘진 얼굴을 애써 피며 저쪽이라고 손가락으로 가리키던 아이가 세나였다. 점심시간에 혼자 급식실로 향할 때 같이 먹자고 말을 걸어온 아이도 세나였다. 그런데 세나와 같이 급식실로 향할 때 아이들 분위기가 심상치 않다는 것을 느꼈다. 전학 첫날 유일하게 짝이 없던 태규의 옆자리로 갈 때와 비슷한 분위기였다. 확실히 세나와 태규는 반에서 겉돌았다. 눈치 없는 태규는 유일하게 세나에게 호의를 보이는 것 같은데 세나는 그럴 때마다 태규를 밀어내는 것 같았다. 왕따와 왕따가 합치면 찐따가 될 수 있다는 우려 때문일 것이다.

나는 이 복잡다단한 관계를 별로 알고 싶지 않았다. 엮이고 싶지 않다는 표현이 더 맞을 것이다. 그간 도시에서 겪은 아이들은 자기 일이 아니면 관심이 없다. 특히 성적과 관련된 일이 아니면 아예 관심을 꺼버린다. 자기 일에 관심을 가져줬음 하는 아이들도 없다. 되도록 관심 꺼주세요, 스타일이다. 오버하거나 오지랖 떠는 스타일을 아주 싫어한다. 쓸데없는 일에 에너지 쓰는 걸 싫어한다. 그게 습관이 된 탓인지, 봐도 못 본 척, 들어도 못 들은 척하는 게 익숙했다.

이곳에서는 전학생이라는 주변인으로서의 명분이 확실하기 때문에 모른 척하는 게 자연스럽고 쉬웠다. 세나의 마음을 읽었음에도 냉랭하게 대했다. 그때 나는 시간이 좀 필요했다. 뭐가 뭔지 파악할 시간을 벌고 싶었다. 굳이 변명을 하자면 말이다.

그게 좀 걸렸다. 특히 떠도는 말 속에 문제의 여자 후배가 세나라는 걸 들었을 때는 세나와 눈이 마주치는 것조차 두려웠다. 한마디로 어찌할 바를 몰랐다. 그렇게 짧은 몇 달이 지나고 겨울 방학이 되어 나는 서울 집으로 가게 되었고 세나와 태규에 대한 생각도 흐릿해졌다.

그런데 엄마는 내 품을 태평양이라고 해주니 것도 참 부담스러운 일이다. 엄마는 내가 얼마나 겁쟁이인지 모르고 하는 소리다.

"엄마는 날 잘 몰라. 그 말이 은근슬쩍 징징거리지 못하게 한다는 거 알아?"

"그럼 그 말 때문에 그렇게 한 거야? 어른스러운 척, 어른인 척? 밝은 척?"

"척척 하다 보니 그게 내가 되는 경우도 있어. 척이라는 게 꼭 그렇게 나쁘지만은 않아, 노력하는 것일 수도 있잖아. 어쨌든 떼쓸 것도 안 하게 되고 그렇게 되는 게 있어."

"알아, 무슨 말인지. 그래서 네가 그렇게 말한 이후 엄마가 그런 말 안 했잖아."

"말만 안 하면 뭐 해? 눈빛으로 다 말하는데."

"호호호, 미안 미안, 그랬구나. 그치만 속으로 생각하는 것까지 숨길 수는 없잖아. 엄마도 나름 노력한 거야."

"알아 나도, 관계는 노력이라는 거. 엄마, 아빠를 봐도 그렇고, 학교에서 친구들과의 관계도 그렇고."

"저것 봐, 나름의 네 생각을 만들어 가잖아. 관계는 노력이라……. 그래, 맞아. 노력하고 관리하지 않으면 바로 엉망이 되고 끊어지는 게 관계야. 모든 관계에 적용되는 법칙이지. 그런 걸 벌써 알고 있잖아. 우리 딸은 아마 잘 살 거다, 내가 장담한다."

나는 엄마의 가장 큰 장점이 내 말을 잘 들어주는 거라고 생각한다. 바로 반응하지 않아도 내 말의 어떤 것도 흘려듣지 않는다는 것을 알고 놀랄 때가 많다. 언젠가 TV 먹방을 보다가 맛있겠다 했던 말도 흘려듣지 않고 어느 날 무심히 툭 해준다. 그런데 은사리 폐가를 결정하는 데에는 내 의견이 아무 힘을 못 쓴다는 게 의아스러울 뿐이다.

학교 근처에 유명한 코다리찜 집이 있는데 엄마는 그곳에서 밥 먹는 걸 좋아한다. 나도 먹을 수 있고 엄마가 싸준 야채 도시락을 꺼내놓고 먹어도 눈치 보이지 않기 때문이다. 외식을 해도 엄마는 내가 먹을 야채 도시락을 따로 쌌다. 내 아토피가 좋아진 건 순전히 엄마의 정성과 이다학교의 급식 때문이라고 생각한다. 이다학교로 전학 오면서 엄마는 내 도시락을 별도로 싸지 않아도 되었다. 이다학교 급식은 아토피 증상 정도에 따라 먹는 음식 처방이 달랐다. 어느 건 먹고 어느 건 못 먹게 하며 어떤 것을 집중적으로 먹게 하는 등 학교의 영양사 선생님이 급식실 앞에서 일일이 지도했기 때문이다.

영양샘은 엄마 아빠가 괜찮은 시골집을 찾아 전국을 돌아다닐 때 만난 분이다. 영양샘도 아토피 앓는 아들을 위해 이곳으로 이사 오게 되었고 이다학교에 지원해 근무하게 된 것이다. 그 후 이다학교는 아토피를 위한 특별 급식을 한다고 소문나기 시작했다. 영양샘 말로는 아토피는 먹는 것도 먹는 거지만 너무나 복합적인 질병이기 때문에 어디에서 어떤 효과를 보는 건지 모른다고 하셨다. 무엇이 됐든 환경적인 요인이 크기 때문에 모든 것을 신경 써보는 게 최선이라고 했다. 먹는 물, 마시는 공기, 먹는 음식, 스트레스, 학교 교실의 먼지 정도 등, 규모가 큰 학교에서는 교실 내의 먼지로 인해 아토피가 쉽게 악화된다고 했다. 엄마도 내 증상이 단체 생활을 하면서 시작되었기 때문에 그걸 가장 큰 문제로 여겼다. 그래서 엄마는 내내 작은 규모의 학교로 언제든 전학 갈 준비를 하자고 했다. 그렇게 시골 학교에 대한 환상을 어찌나 아름답게 심어주었는지 나도 모르게 쉽게 동의하고 꿈꾸어서 이다학교로 오는 것을 어렵게 결정하진 않았다.

도시의 대규모 학교에서는 절대 있을 수 없는 일이 여기서는 가능했다. 전에는 아무리 집에서 섭식을 잘한다 하더라도 학교의 급식 한 번으로 도루묵이 될 때가 많았다. 많은 아이들

속에서 엄마가 싸준 도시락을 꺼낸다는 것도 쉽지 않았다. 그 많은 눈길을 받아내며 밥을 먹는 게 고역이었다. 특별한 질병을 앓고 있다고 만천하에 공개하는 것 같아서 싫었다. 그렇다고 교실에서 혼자 도시락을 먹을 수도 없는 일, 그 또한 고약한 전염병을 가진 것처럼 보일 것 같아서이다. 엄마는 그런 내 얘기를 들을 때마다 그럴 수 있다며 내가 하고 싶은 대로 하라고 했다. 새 학기가 되면 당분간은 급식실에서 다른 아이들과 똑같이 밥을 먹기로 했다. 그런 다음 내 몸에 일어나는 일은 나와 엄마가 감당하자고 했다. 중학생이 되어 학교에 있는 시간이 길어지자 증상은 악화되었다. 더 이상 미룰 수 없을 정도로 정도가 심했다. 그래서 전학을 결정하게 된 것이다.

엄마는 서울 집으로 가지 않고 은사리에 머무는 시간이 길어졌다. 집을 본격적으로 수리하기 위해서다.

이제 이 집이 우리 집이라고 생각하니 처음 봤을 때하고는 또 달랐다. 전에는 평면의 그림 속 숨어 있는 집이었다면 지금은 돋을새김한 것처럼 그 집만 유난히 눈에 띄었다. 아무튼 돌 하나, 나무 한 그루 허투루 보이지 않았다.

"이리 와봐."

엄마는 땅바닥에 쭈그려 앉아 한 움큼 붉은 것을 쥐고 나를 불렀다. 마당의 낙엽을 거둬낸 뒤 파낸 흙이다.

"봐봐, 이 붉은 흙을."

엄마는 마치 황금 가루라도 되는 양 흙을 손가락으로 비비며 말했다. 코끝에 대고 냄새도 맡았다. 저러다가 입 안에 넣고 맛이라도 보는 건 아닌가 싶었다.

엄마는 이사할 때마다 내 방에 황토를 발랐다. 아토피에 좋은 거라면 무엇이라도 불사할 만큼 신경을 썼다. 엄마가 이 집을 보고 한 눈에 결정한 건 무너진 벽에서 보이는 붉은 흙 때문이기도 했다. 특히 방 하나는 완전 흙벽돌로 지은 흔적이 고스란히 남아 있었다. 엄마는 되도록 모든 벽은 황토 벽돌을 쓰거나 황토를 바르려고 하는데 이 집은 황토 벽돌로 기초가 되어 있다는 것이다.

"두세 달이면 수리가 될 것 같아."

"수리? 수리를 한다고? 밀어버리고 새로 지어야 하는 거 아니야?"

"같은 실수를 두 번 하고 싶지는 않아."

"무슨 말이야?"

"난 이 집을 내 손으로 복원하고 싶어."

"유적지야? 무슨 복원을 한다고 그래?"

나는 기어이 소리를 빽 지르고 말았다. 엄마는 도통 알 수 없는 말만 했다. 도대체 집은 집이고 엄마는 엄마지, 뭘 자꾸 갖다 붙이는 게 영 마음에 들지 않았다.

"이 집을 지었을 때 어떤 의미로 거기에 창을 내고 왜 종아리 높이의 야트막한 돌담을 쌓았으며 정원의 나무는 왜 이런 걸 골랐을까, 궁금해."

"뭘 자꾸 의미 부여하고 그래?"

"그래, 그렇게 생각할 수도 있어. 그치만 엄마가 이 집을 처음 봤을 때의 기시감을 잊을 수 없어. 심장이 걷잡을 수 없이 마구 뛰었다니깐. 분명 뭔가 있어. 결국 그것도 내 문제겠지만."

다 자기 안의 그림자로 현실을 본다고 하던데, 엄마도 그런 모양이다.

"이 집에 첫발을 들였을 때 두근거림을 잊을 수가 없어. 살면서 이런 기분, 이런 느낌도 처음이야. 너무나 귀한 감정이었고 내 안에 묻어놓은 막연한 슬픔이 올라와 도저히 이 집을 못 본 척 넘어갈 수 없었어. 그게 뭔지는 모르겠다. 이 집을 본 뒤로 잠이 오지 않을 정도로 어른거렸다니깐."

말없이 엄마 말을 듣고만 있었다. 말하는 사람의 진정성이 깊으면 숨소리조차 보탤 수 없다.

"그래서 이 집에 살던 사람은 어떤 생각을 하며 살았고, 어쩌다가 하루아침에 이렇게 됐는지 헤아려보게 됐어. 그러면서 이 집에 살던 사람에 대한 예의를 다하고 싶었고, 그게 순리라는 생각이 들었어. 그래야 엄마도 마음이 편할 것 같아,

왠지 그래야 될 것 같아. 그래서 이 집을 내가 본 것이 아니라 이 집이 내게 보였던 게 아닌가 싶다."

이장의 주선으로 집을 수리하는 동안 은사리와 이웃해 있는 금사리의 빈집을 쓰기로 했다. 나는 주말이면 학교에서 금사리 엄마 집으로 걸어가면 된다. 또한 나는 주말이면 엄마를 따라 은사리 그 집에 간다. 엄마가 시간을 두고 그 집의 내력을 정리하고 싶다고 했으니 당분간은 기계를 쓰지 않기 때문에 시간이 좀 걸릴 것이다.

아빠는 그 집의 뼈대를 그대로 살린다는 엄마의 말에 반대하진 않았다. 기초가 탄탄한 집이라 괜찮겠지만 새로 짓는 거보다 힘들 거라고 했다.

아빠는 엄마의 짐을 옮겨주러 온 뒤 사람을 불러서 큰 것만 우선 손보자고 했다. 포클레인 몇 번이면 마당에 쌓인 낙엽부터 나무까지 싹 정리될 거라고 하면서 사람을 쓰자고 했다. 그런데도 엄마는 고집을 부렸다. 신경 쓰지 말라고, 여기는 내 놀이터라고 말하며 손으로 일일이 이 집의 흔적을 어느 정도 정리한 후에 기계와 사람을 쓰겠다고 했다.

아빠는 당분간 맡은 프로젝트 때문에 시간이 넉넉지 않다며 좀 더 이따 시작하면 도와줄 수 있는데 왜 이리 서두르냐고 짜증을 냈다.

"당신 바쁜 거 알고, 나는 이 일을 아주 기쁘게 할 것이니 걱정하지 마. 시간될 때 내려오면 돼."

엄마는 아빠의 말에 깨끗하게 정리의 말을 붙였다.

마을 이장님이 오랫동안 비워놓은 집이라 뱀들이 겨울잠을 잘 때 작업하는 것도 좋을 거 같다고 했다. 온갖 뭇 생명들의 터전이었기 때문에 날이 따듯해지고 풀이 무성해지면 그들과의 싸움이 될지도 모른다고 했다. 2~3월이 어찌 보면 작업하기에는 딱 좋은 시기라는 것이다. 자주 드나들다 보면 사람의 체취나 흔적으로 인해 이 집에 깃들어 살던 것들이 자리를 내주고 나갈 것이라고 했다.

나는 이 집의 'before/after'를 블로그에 기록하기로 했다. 이 집에 살던 사람들의 흔적을 잘 살펴주고 위무해주고 싶다는 말은 엄마가 먼저 꺼냈고 평소에 사진 찍기를 좋아하는 나는 기록을 맡겠다고 했다. 엄마가 눈물까지 머금으며 감동이라고 했다.

손대기 전에 처음 보았던 모습 그대로 구석구석 사진을 찍었다. 엄마는 제일 먼저 집 앞 억새풀을 베어내기 시작했다. 억새풀 속의 엄마 모습을 찍었다. 벼를 수확하는 농부처럼 아주 익숙하게 낫질을 했다. 어렸을 때 많이 해본 솜씨인데 몸이 그때 했던 것을 그대로 기억한다는 게 그저 놀랍다고 했다.

억새풀만 베어내도 집 앞이 훤하게 드러났다. 큰 길에서 집으로 들어가는 길이 어렴풋하게 나타났다. 멋진 철문이 드러난 건 집 앞에 쌓여 있던 건초 더미를 들어냈을 때였다. 마치 오래된 유적을 발굴하는 기분이었다. 꽁꽁 숨겨놓은 보물을 찾아낸 기분이랄까. 야트막한 돌담을 쳐서 대문이 있으리라고는 생각하지 않았다. 대문은 그야말로 형식에 지나지 않은 거였다. 철대문은 집의 격을 높이기 위한 하나의 관문으로 세워 놓은 것 같았다. 대문 가운데에 원목을 넣고 상단에는 공작 날개 모양으로 무늬를 넣은 철문인데 지붕까지 갖추었다. 지붕이 비바람을 면하게 해주어서인지 보존 상태가 좋다며 엄마가 좋아했다. 엄마는 멋지다는 말을 연발했다. 아빠와 영상 통화하며 뜻하지 않게 첫 관문부터 보물을 발견했다고 좋아라 했다. 낭만주의자의 취향에 딱 맞는 흔하지 않은 디자인이다. 엄마는 이런 디자인을 선택한 십수 년 전의 옛 집주인을 상상했다. 마치 옛 집주인과 대화하는 기분이란다. 무엇보다 엄마의 취향과 비슷한 것 같아 그게 신기하다고 했다. 이 집이 첫눈에 들어왔던 이유가 있는 거라며 아주 흡족해했다.

대문 앞에서 엄마와 내가 쭈그려 앉아 셀카를 찍었다. 엄마와 내 뒤로 대문이 드러났다. 클래식한 느낌이 들 정도로 고풍스러웠다. 대문 뒤로 기역 자 형태의 규모 있는 한옥이 아늑하게 자리 잡고 있다. 야트막한 돌담은 경계 표시에 불과했다. 엄마 말에 의하면 이 집의 담장이 되어준 건 다름 아닌 나무들이란다. 왼쪽 들판에서 불어오는 바람을 막아주는 것은 향나무이고 뒤란 장독대를 지키는 것은 감나무이고 오른편 허한 곳을 눌러주는 것은 매화나무이며 안방마님처럼 앞마당을 지키고 있는 건 모과나무라고 했다. 무엇보다 마당 한가운데에 둥근 화단을 만들어 심은 공작단풍과 반송을 보면 정원수 또한 정성스럽게 골랐다는 것을 알 수 있다고 했다. 그리고 허물어진 작은방 앞마당에는 별목련나무가 있다. 4월이면 별목련꽃이 하얗게 이 집의 지붕을 덮을 거라고 했다. 나무의 품이 보통 넓은 게 아니다. 별목련나무에는 꽃눈이 셀 수 없을 정도로 달려 있다. 어느 한 가지 죽은 것 없이 아주 건강하게 살아 있단다. 엄마가 가리키며 설명하는 대로 카메라에 담았다. 거기다 마당에 자연스럽게 씨앗이 날아와 자란 나무들이 많아 마치 숲속에 있는 것 같은 느낌인데 정원수만 빼고 포클레인 기사를 불러 모두 캐내기로 했다. 나무와 나무 사이는 얼키설키 타잔이 타고 놀아도 될 정도의 굵다란 덩굴이 점령한 상태였다. 오랫동안 비워놓았기 때문에 마당이 숲으로 변하는 건 당연한 거라고 이장이 말했다. 이장은 덩굴이 집을 휘감지 않은 게 신기하다고 했다. 지붕을 타고 넘어갈 수 있는 거리에 덩굴이 있는데도 집 안과 지붕은 이상하게도 깨끗했다. 이장은 지붕선 위 말끔한 하늘을 올려다보며 긴 숨을 뱉었다.

이 집이 오랫동안 빈집으로 있는 데에는 그만한 사연이 있는 거다. 알고 보니 엄마는 그 사연을 알고도 계약을 한 것이다. 나도 이 집에 비극적인 사연이 있다는 것을 붉은 무늬 상자를 꺼낼 때 알게 되었다.

엄마가 가장 고심한 건 내려앉은 오른쪽 지붕이다. 깨진 기왓장 아래 핏빛 붉은 황토가 보였다. 비바람을 막아주던 흙벽돌이 무너지면서 지붕이 내려앉았을 것이다. 집 구조로 봐서는 그 아래에 분명 작은방이 있었을 것이고 작은방 주인의 물건도 함께 있을 거라고 했다.

엄마는 마당 한쪽 움푹 들어간 곳에서 허리를 깊게 숙이며 깨진 기왓장을 꺼내기 시작했다. 나는 그런 엄마를 또 한 컷 찍었다.

내가 자발적으로 사진을 찍기로 한 건 엄마에 대한 나의 보답이기도 하다. 엄마는 내가 아토피로 힘들어할 때 내 이야기를 블로그에 올리며 일기를 썼다. 어떤 것을 먹이고 입히고 어떤 입욕제와 수딩젤을 쓰는지 이웃 블로거들에게 도움을 요청하기도, 도움을 주기도 하며 그 시간을 견뎠다. 이제껏 견딜 수 있었던 건 이웃 블로거들과 함께 나눈 눈물과 위로 덕분이었다. 내가 이 집의 복구 과정을 엄마의 블로그에 일기 형식으로 올리는 건 엄마에게 주는 선물이자 이웃 블로거들에게 보내는 선물이다.

엄마의 동선을 따라 카메라에 담았다. 두툼한 낙엽을 걷어내고 깨진 기왓장을 들어냈다. 지붕이 무너지면서 황토 벽돌이 그대로 방을 덮었는지 흙이 붉었다. 황토를 어느 정도 걷어내자 황토빛보다 짙은 붉은 나무판이 보였다. 그 순간 엄마는 멈칫했다. 나와 눈이 마주친 건 그때였다. 나는 보물 상자를 발견한 것 같은 기분이 들었다. 책 속에서 이야기의 단초가 되는 판도라의 상자를 본 것 같았다.

나는 카메라를 내려놓고 붉은 나무판을 두들겨보았다. 퉁퉁퉁 속이 빈 소리가 났다. 이 나무판 아래 공간이 있다는 뜻이다. 엄마와 내가 조심스럽게 덮은 흙을 퍼냈다. 유물을 발굴하듯 조심스럽게 면장갑을 낀 손으로 흙을 긁어냈다. 나무판에 상처를 낼까 봐 도구를 쓸 수가 없었다. 삽날이나 호미날에 찍힐 수도 있기 때문에 조심스럽게 장갑 낀 손으로 흙을 퍼냈다. 청명한 2월 마지막 일요일, 미세먼지도 없는 그야말로 푸른 하늘을 이고 있는 나무들 사이로 햇살이 투명하게 내려와 붉은 상자 한 귀퉁이에서 오롯이 빛났다. 작은 여행 가방만 한 크기의 네 귀퉁이가 드러난 건 시간이 꽤 지나서였다. 엄마와 나는 귀한 물건을 다루듯 마루 위로 상자를 올렸다. 삭아가는 구두 옆에 상자를 놓았다. 왠지 그래야 할 것 같았다. 혹 이 구두가 오랫동안 기다렸던 것일지도 모른다. 엄마는 구두에도 쉽사리 손을 대지 않았다. 그 구두가 마루에 놓인 사연을 나처럼 읽어내고 싶었던 것이다.

"향나무로 만들어졌네. 그래서 보존 상태가 좋은 모양이다. 어느 한 군데 썩은 데도 없고."

엄마가 상자를 조심스럽게 둘러보며 말했다.

"이게 향나무야?"

"응, 아직도 은은하게 향이 나는 거 같다. 붉은색도 그대로 살아 있고 향나무 속이 붉거든. 향나무로 함을 만들면 내용물도 썩지 않아. 나무 자체가 병충해로부터 잘 견디는 거라서, 책이나 옷을 넣어놔도 그대로 보존되어서 스님들이 많이 쓰는 나무이기도 해."

엄마 말대로 상자는 어디 한 군데 썩거나 벌레 먹은 데 없이 온전했다. 엄마가 마른 장갑으로 상자를 어루만지듯 털어냈다. 마루 위에 올려놓자 햇빛을 받아 나뭇결이 살아 움직이듯 결마다 빛을 내며 꿈틀거렸다.

엄마와 나는 그 상자를 쉽게 열지 못했다. 암묵적인 약속처럼 함부로 열지 않았다. 사실은 좀 두려웠다. 그 안에 어떤 것이 있을지 무섭다는 게 맞다. 아귀를 맞추어 뚜껑을 정교하게 깎아 어디 한 군데 들뜬 데도 없이 꼭 맞물려 있다. 그래서 더 열어보기가 두려웠다. 앞부분에 고리로 여며놓았지만 자물쇠는 없다.

엄마는 연신 마른 장갑으로 상자의 흙을 닦아냈다. 누군가의 어깨를 토닥거리고 어루만지는 것처럼 손길이 차분하고 부드러웠다. 나는 그런 엄마의 모습을 또 한 컷 찍었다. 붉은 무늬 상자를 어루만지는 엄마의 모습을.

"벼리야, 사실은 말이야."

엄마는 상자로부터 눈을 떼지 않고 말했다.

나는 카메라를 내리고 말없이 엄마의 다음 말을 기다렸다. 엄마 입에서 어떤 말이 나오려고 저렇게 뜸을 들이나 싶어서 긴장되었다.

"이 집에 살던 열일곱 살 난 딸이 죽었단다."

숨이 턱 막혔다. 심장이 드세게 쿵덕거렸다.

"헉."

"오래전 일이야."

엄마는 시효가 지난 일이니 그렇게 놀랄 것 없다는 뜻으로 덧붙였다. 그런 뒤 말없이 연신 상자를 쓰다듬었다.

"허얼, 정말? 그걸 알고도 이 집을? 누구한테 들었어?"

"이장님이."

"왜? 왜 죽었대?"

그 순간 왜 심장이 툭 내려앉았는지 모르겠다. 그리고 그늘 속에 있던 세나의 얼굴이 훅 겹쳐왔다. 갑자기 세나의 안부가 걱정되었다. 이 집에서 죽은 열일곱 살 난 딸과 세나가 왜 동일시되는지 모르겠다. 상자 옆에 가지런히 놓여 있는 구두가 더욱 유난하게 보였다.

"그런 것까지는 자세히 얘기 안 하고. 이장님이 이 집을 결정하는 데 문제가 되면 하지 말라고 하는데, 솔직히 얘기해주는 게 외려 문제가 안 될 것 같았어."

"엄마는 그런 게 문제가 안 돼?"

이 집에 처음 들어섰을 때의 선득함을 잊을 수가 없다.

"삶과 죽음이 따로 있는 게 아니야."

"아이, 그거하고는 다르잖아."

"그게 뭐가 문제 삼을 일이야? 엄마는 그래서 더 결정하기 쉬웠어."

다른 사람들은 께름칙하네 뭐하네 하며 기피할 일도 엄마는 개의치 않을 것이다. 엄마라면, 충분히 그럴 수도 있다는 생각이 들었다. 엄마가 왜 기계를 쓰지 않고 당분간은 이 집의 내력을 손으로 정리해주고 싶다고 했는지 알 것 같았다. 이장님도 엄마의 태도에 뜻밖이라는 반응이었을 것이다. 이장도 뒤늦게 귀농하여 자리 잡은 사람이기 때문에 이 집에 대한 소문은 사람들 입을 통해서 알게 되었다고 한다. 이장도 사실은 이 집을 마음에 두고 있었는데 마을에 떠도는 말을 아예 무시할 수 없었다고 했다.

떠도는 이야기의 성질은 시간이 지남에 따라 눈덩이처럼 불어나는 경향이 있다. 스토리는 전설이 되고 전설은 생각의 관습을 낳고, 전설은 반드시 증거가 있게 마련인데 바로 그 증거가 사람일 때는 이야기성이 더욱 강력해진다. 증거물이 존재하는 한 그건 전설이 아니라 팩트가 되는 것이다.

은사리에는 성룡이 삼촌이 있었는데 이 일대 마을을 떠돌며 농사일을 도왔다고 한다. 그런데 지금은 은사리에 아예 발을 들여놓지 않는다고 한다.

"성룡이가 그 집에 갔다 온 후 정신이 돌아오지 않아. 이 집 딸의 험한 모습을 제일 먼저 발견한 것도 성룡이고. 성룡이가 놀라서 혼이 나갔다고들 하지."

이장의 말을 전해 들으며 엄마와 내가 굉장한 소용돌이 속에 들어와 있는 듯한 느낌이 들었다. 이 집에 발을 들이게 되면 정신이 나갈 정도로 저주 받은 집이면 어쩌려고, 그런 것도 개의치 않는 엄마가 더 이상해 보였다.

마루에 있던 구두의 주인이 누구인지 알 것 같았다. 상자의 주인과 구두의 주인은 같은 사람일지도 모른다는 생각이 들었다.

엄마는 구두도 마른 장갑으로 싹싹 닦은 후 먼지를 턴 뒤 상자 옆에 나란히 두었다.

구두가 있던 자리에는 뽀얗게 자국이 남았다.

땅거미가 지고 있다. 산골에서 어둠은 삽시간에 내려온다.

더 어두워지면 한 발짝 앞도 보이지 않기 때문에 서둘러 집을 나가야 한다. 엄마와 나는 구두 옆에 상자를 두고 그 집을 나섰다. 나는 돌아보고 싶었지만 차마 돌아보지 못했다. 상자와 구두 위로 어둠이 서리서리 내리고 있을 것이다.

개학

    우리 학교는 한 학년에 한 반씩 있다. 전교생 다 합쳐도 육십 명이 채 되지 않는다. 산골의 소규모 학교이기 때문에 간신히 통폐합을 면하다 나처럼 전학 온 아이들 때문에 명맥을 유지하고 있다. 전에는 꽤나 이름난 사람들을 배출한 학교라고 들었다. 다 호시절 얘기라고 하는데 교장쌤은 어떻게든 학교의 명예를 되찾고 싶은 의욕으로 전학생이 올 때마다 열심히 하라는 취지의 면담을 했다. 명문고 입학률이 떨어져 학교의 인기가 시들해질까 봐 걱정인데 마침 도시에서 오는 전학생들이 학년별로 조금씩 늘어 교장쌤은 신명이 났다. 전학생들에게 거는 기대가 컸다. 그 아이들은 인근 대도시 명문고로 입학하는 경우가 많았다. 인원수가 몇 되지 않기 때문에 비율로 따지면 전국 최고를 경신할 수도 있다. 교장샘은 그것을 꼭 이루고야 말겠다는 굳은 의지를 조회 때마다 강조했다.

교장샘은 전학생이 올 때마다 중앙 현관에 붙어 있는 자랑스러운 선배들의 얼굴로 안내했다. 국회의원도 있고 대학 총장도 있으며 그중 가장 눈에 띄는 건 단연코 연예인이다. 가장 최근에 걸어놓은 사진에 배우 고현의 얼굴이 있다. 오랜 무명 생활 끝에 한 영화의 조연급 역할로 인기를 얻어, 로맨틱코미디 주연으로 발탁되어 지금 최고의 인기를 누리는 중이다. 사진 아래에는 이 학교를 거쳐 간 연도가 표기되어 있는데 1년 남짓이었고 졸업이 아니라 전학이었다. 유명해지면 지나가기만 해도 기록으로 남을 수 있구나 생각했다. 교장샘은 고현의 사진을 가리키며, 저 얼굴을 걸기 위해 연락을 했는데 어찌나 거절을 하는지 애먹었다고 말하며 마치 전리품을 획득한 양 으쓱한 표정을 지었다. 생각보다 무척 겸손한 사람이라고 덧붙였다. 고현의 사진 아래 쓰여 있던 전학이라는 말이 유난히 눈에 띄었다. 나와 비슷한 처지라는 생각 때문이었을까. 그러니까 고현은 전학을 왔다가 다시 전학을 간 것이다.

내가 다시 중앙 현관으로 와 고현의 사진을 뚫어져라 올려다본 것은 그로부터 불과 몇 달 후였다. 고현이라는 훌륭한 선배와 사진으로 처음 대면했을 때, 내가 이리 복잡하게 얽혀 있으리라고는 전혀 짐작하지 못했다.

학년마다 전학생의 비율이 조금씩 높아지고 있다. 우리 학년은 총 열아홉 명인데, 전학생이 다섯 명 정도 된다. 이 마을에 살고 있던 아이들도 전학생을 맞이할 때의 낯설음에 어느 정도 적응하고 있다. 전학 온 아이들의 낯설음이야 말해 무엇하랴. 저들만의 견고한 성에 구멍을 낸 듯한 기분을 느끼는 게 바로 전학생의 처지이다. 나는 이제 이곳에 살고 있는 원주민과 전학생 사이, 그 경계에 있게 되었다. 전학생이 나처럼 아예 마을에 눌러앉는 경우는 거의 없다. 그러니까 나는 원주민도 전학생도 아닌 어중간한 입장이 된 것이다.

우리는 모두 기숙사 생활을 한다. 선택 사항이지만 모두 기숙사를 선택했다. 자신의 환경으로부터 벗어나 독립하고 싶은 게 우리 나이 때 특징 아닐까 생각한다. 사실 이곳으로 전학 온 이유 중에 하나는 학원을 다니지 않아도 이상하게 보거나 문제 삼지 않는다는 거였다. 도시에서 학원을 보내지 않자, 엄마는 아이를 방치하거나 교육에 무관심한 건 아니냐는 소리를 듣곤 했다. 심지어 진짜 딸이 맞느냐는 소리까지 들었다. 학원은 내가 원할 때만 보내주기로 했다. 엄마는 내가 똥을 잘 누어도, 긁지 않고 잠을 잘 자도, 친구들과 잘 어울려 놀아도, 야채 위주의 아토피 식단에 별말 없이 먹는 것만으로도 더 이상 바랄 게 없다고 노래 부르듯 말했다. 거기다 책을 좋아하고 영화를 좋아하는 것도 엄마랑 맞아서 행운의 보너스로 여긴다고 했다. 학원을 가지 않는 것 때문에 스스로 불안하여 책상에 앉는 나를 그윽한 눈으로 바라보며, 누굴 닮아서 이렇게 기특하냐고 했다. 정말 너를 낳지 않았다면, 세상의 무엇을 더 예뻐할 수 있을까 싶다고 했다. 이렇게 바라볼 수 있는 딸로 나타나줘서 너무 고맙다고 했다. 그럴 때마다 나는 닭살 멘트 그만하라고 엄마의 입을 틀어막곤 했다. 사실 엄마와의 적정 거리가 필요하다는 생각이 든 것도 이 학교를 선택하게 된 하나의 이유였다. 가끔 나는 엄마의 무한 긍정 멘트에 닭살 돋는다며 거부 반응을 보였다. 그러다 어떤 때는 나도 남들처럼 억지 차원으로 이렇게 물어보기도 했다.

"내가 친딸이긴 해? 너무 무심한 거 아니야?"

"호호호, 거울을 봐라, 누구 딸인가? 내 딸인지는 모르겠지만 너희 아빠 딸은 분명해. 이목구비는 둘째 치고 갓 태어난 네 배 보고 깜짝 놀랐다. 어디선가 많이 본 배가 꼬물이로 축소되어 내 앞에 나타나다니, 배 생김새도 유전되나 하는 생각이 들었다니깐. 더 증거를 대봐?"

"됐어."

아빠를 빼다 박았다는 말을 종종 들었다.

엄마와 아무리 사이가 좋아도 서로의 자유는 중요한 거다. 그래서 나는 학교의 기숙 생활이 마음에 든다. 나만이 탈 수 있는 나룻배에 오롯이 몸을 싣고 호수 위에 떠 있는 기분이 나쁘지 않았다. 주말이면 서울 집으로 돌아갈 수 있으니 그것도 좋았다. 이젠 금사리 집으로 가면 된다.

전 학년 다 해도 인원수가 몇 명 되지 않기 때문에 방학을 했더라도 서로의 안부를 다 알 수 있다. 그렇지만 그들의 내밀한 비밀까지는 일일이 알 수 없다. 방학 동안 기숙사에서 짐을 뺐기 때문에 새로 배정된 방에 일주일 전부터 짐을 넣을 수 있어서 자유로이 드나들 수 있다.

나는 학교에 도착하자마자 세나부터 찾았다. 방학 동안 세나가 가끔 생각났지만 연락할 마음이 생기진 않았다. 세나의 호의를 떨궈내듯 냉랭하게 군 게 마음에 걸려서이다. 시간이 지나야 제대로 보이는 것도 있지만 엄마가 은사리 집을 결정한 후부터 생각이 달라진 건 사실이다.

세나는 아직까지 기숙사에 짐을 넣지 않았다.

개학날에도 세나의 얼굴을 볼 수 없었다. 무턱대고 톡을 넣자니 그것도 내키지 않았다. 세나의 동생을 찾아 1학년 교실로 향했다.

"세나는?"

세나의 동생 미나는 갑작스러운 나의 출현에 두 눈을 한참 껌뻑이다 답했다.

"아프대요."

"어디가?"

"몰라요."

"언제부터?"

"방학 내내 괜찮다가 기숙사 짐 싸다 말고 아프대요. 근데
왜요?"

"아니, 그냥."

기숙사의 어둑한 복도를 걸으며 생각했다. 군이 에돌아갈
건 뭐 있나 하는 생각이 들었다. 내가 혼자 외로울 때 누군가
말 걸어준 사람이 무척 반가웠던 것처럼 세나도 그럴지도 모
른다는 생각이 들었다. 갑작스럽고 뜬금없긴 하지만 그런 게
고마울 때도 있다. 그러자 용기가 생겼다. 마음이 바뀌기 전에
얼른 세나에게 톡을 보냈다.

-무슨 일 있니?
나, 김벼리.

한참 후에 답이 왔다.

-웬 관심?

-물어볼 게 있어.

-나한테?

　뭐?

세나는 내키지 않는 듯 시간을 두고 답을 했다.

-은사리에 있는 헌 집 혹시 알아?

은사리 집을 핑계 삼아 세나에게 자연스럽게 말을 붙이고 싶었다.

-은사리?

-응, 저수지 지나 초입에 있는 마을.

-거기에 빈집이 있다고?

이 마을에 살고 있는 아이들도 모르다니.

-거기면 동민이가 알 거야, 그 동네 살잖아. 근데 그거 물어보려고?

-아니, 학교는 왜?

-학교 뭐?

세나는 내내 싸늘한 반응이다. 이제 와서 왜 이러냐는 뉘앙스다. 이럴 때는 그냥 솔직하게 물어보는 게 답이다.

-왜 안 오냐고?
-뭐임? 적응 안 되게?

웬 오지랖이냐고 되묻는 것 같았다. 나도 갑자기라는 건 알지만 은사리 집의 붉은 무늬 상자를 본 뒤 이상하게 마음이 조급해진 것도 사실이다. 상자의 주인처럼 세나도 어느 순간 사라질지도 모른다는 위협감이 들었다. 떠도는 말에 불과할지도 모르는 세나에 대한 얘기를 무턱대고 믿고 판단하고 멀리한 게 미안했다. 그런 말을 만들어내고 퍼트린 아이들과 내가 다를 바 없다는 생각이 들었고, 세나는 그로 인해 지금 무척 힘들어할 거라는 생각이 들었다.

내가 더 이상 묻지 않자 세나도 조용했다. 그러다 한참 만에 답이 왔다.

-관심 꺼라, 이제 와서 새삼스럽게.

세나의 싸늘한 대답 이후 더 이상 말을 붙이지 못했다. 그간 보인 내 태도로 볼 때 '쟤, 뭐냐' 하는 세나의 반응은 당연한 거다.

세나는 개학 후 삼 일이 지나도록 학교에 오지 않았다. 지난번 톡을 할 때의 분위기는 생각보다 씩씩해서 공연히 오버한 건 아닌가 생각했지만, 세나의 빈자리를 확인하는 날이 늘어갈수록 처음에 겹쳐왔던 불안감이 스멀스멀 커지기 시작했다. 청소 시간에 청소를 해도 세나의 빈자리에는 늘 쓰레기가 넘쳐났다. 어떤 때는 코 푼 휴지가, 어떤 때는 우유갑이 터진 채로, 어떤 때는 걸레가. 나는 그게 또 거슬렸다. 여전히 세나에 대한 소문은 유효하게 이 교실에 떠다녔다. 그것에 대한 표현으로 세나 자리를 어지럽히는 거라는 생각이 들었다.

-언제 올 건데?

그냥 막무가내로 제일 먼저 떠오른 말로 세나에게 톡을 했다. 아무것도 계산하지 않기로 했다.
방과 후 시간이 지나 폰을 확인했을 때 세나에게서 톡이 와 있었다.

-관심 꺼.

전학 온 첫날 내게 보였던 세나의 호의는 흔적도 없이 사라진 것 같았다. 새 얼굴에 대해 기대한 만큼 실망도 컸을 것이다. 나는 더 이상 톡을 보내지 않았다. 그래, 공연히 찍어다 붙이지 말고 오지랖 떨지 말자는 생각으로 휴대폰을 침대 위로 던져버렸다. 얼마간의 빚을 진 것 같은 기분, 단지 그 기분 때문에 이렇게까지 오버할 필요는 없다는 생각이 들었다.

자려고 누웠을 때 세나에게서 톡이 왔다.

－가기 싫어.

세나의 솔직한 대답이 돌아왔다. 그간 있었던 거리가 단박에 줄어드는 느낌이 들었다. 심지어 울컥했다. 세나가 내게 이렇게 의미가 있었나 싶을 정도의 심경 변화에 적이 놀라고 있다. 내가 무슨 구원자라도 된 듯한 기분이 들었다. 죽음의 구렁텅이에서 세나가 간신히 손을 내민 것 같은 그림이 그려질 정도였다. 나는 구원자가 되어 세나에게 손을 내미는 상상을 하며 공연히 으쓱해지기까지 했다.

－그렇다고 안 와? 이유는?
－꼰대처럼 굴지 마라.

-ㅋㅋ미안.

-여기를 벗어나고 싶어.

-무슨 뜻?

-평생 같은 아이들을 본다는 게 얼마나 지옥인 줄 아니?

  넌 전학생이라 모를 거야.

-나도 생각은 해본 적 있어,

  내가 짐작하는 것보다 훨씬 더하겠지만.

-다행이다, 생각이라도 해줬으니.

-뭐가 문제야?

-왜 이제 와서 관심을 갖는 건데?

-사실 신경 쓰이지 않은 건 아니야.

  괜히 오버하고 오지랖 떤다고 할까 봐,

  늦어진 것뿐.

-응, 오지랖 맞아. 신경 꺼.

  사실은 떠도는 말이 험해서 알아보는 게 두려웠다. 물어보기도 민망한 말이 날개를 달고 떠다니며 내 귀에 대고 속삭이는 것 같았다. '그렇고 그런 아이야, 조심해. 가까이 하지 말고.'

  말은 살아 있는 것처럼 내 입도 눈도 마음도 막았다.

  얼마 있다가 세나에게 다시 톡이 왔다.

-생리 중이야,

　담임한테는 생리통이 심하다고 했어.

그럼 생리통이 아니라는 얘기인가?

　-매일 아침 일어날 때마다

　내 발로 다시 지옥 속으로 걸어 들어가야 하나,

　뭐 그런 생각이 들었어.

　-지옥?

　-못 들은 척하지 마라.

　전학생들도 다 알고 있지 않니?

　-그렇지 않아.

　그런 말을 그대로 믿는 아이도 없어. 아마도…….

모르겠다, 확신할 수 없는 것투성이다. 매일매일 변하니까,
움직이니까, 달라지니까.

세나는 그 후 한참 동안 답을 하지 않았다.

　-거봐, 너도 뭔가 알고 있잖아.

나는 아무 말도 하지 않았다. 아니 못 했다. 그러자 세나에

게서 다시 톡이 왔다.

　-내일은 가.
　-그, 그래? 그래, 그럼, 내일 보자.

　세나의 첫 인상은 차가운 그늘 속에 있는 것처럼 서늘했다. 어떤 것이 세나의 그늘을 만들었는지 모르겠지만 대체로 어두웠다. 그런 아이가 말을 걸어왔을 때는 엄청난 용기를 낸 건데, 시간이 지날수록 내가 너무 무심했다는 생각이 들었다. 다른 아이들도 세나한테 냉랭했다. 떠도는 소문 때문일지도 모르지만 그게 다는 아닐 거라는 생각이 들었다. 내가 모르는 뭔가가 또 있을 거라는 추측만 할 뿐이다.
　전학 와서 제일 먼저 들은 말은 세나에 대한 것이다. 선배와 붙어먹은 아이라고 했다. 처음엔 무슨 말인지 몰라, 재차 묻기도 민망하고 그렇다고 본인한테 묻는 것도 더욱 아닌 것 같아 못 들은 척했다. 들은 말에 영향을 받아 세나에게 말 붙이는 걸 꺼리는 게 맞지 않다고 생각했지만 웬만하면 가깝게 지내지 말아야겠다는 보호막이 쳐지는 건 어쩔 수 없는 일이었다. 떠도는 말이 얼마나 무서운지, 그 말들이 얼마나 많은 상처를 남기는지 그동안 거친 단체 생활에서 수없이 보아왔다. 학생 수가 많은 학교에서는 익명성이라는 것 뒤에 숨어 언제나 일

어나는 일이다. 떠도는 말에 댓글이 달리고 그 댓글에는 대댓
글이 달리게 되어 있다. 어느새 말은 처음보다 커져 어느 게
사실인지 구분할 수 없었고 최종적인 대댓글만이 사실로 남을
때가 많았다. 당사자는 상처를 입고 동굴 속으로 숨어버리거
나 극단적인 일을 시도하는 경우도 더러 있었다. 둘 이상이 모
이면 그건 언제나 가능한 일이었다. 자그마한 시골 학교라 하
더라도 말의 칼날이 비껴가진 않았다. 소수이기 때문에 그 말
의 위력은 더 커질 수도 있다. 나는 되도록 그 칼날의 예리함
에 힘을 보태고 싶지 않아 귀도 입도 닫기로 했다. 또 다른 전
학생이 와서 무슨 말이냐고 물어도 나는 단호히 모른다고 잘
랐다. 어중간한 전학생 위치가 나쁘지 않았다.

그런데 엄마가 이 동네에 집을 마련하다니. 뭔가 내 입장이
달라지는 느낌이 들었다. 더 어중간한 상태로 되는 것인가.
'완벽한 경계'에 서 있는 듯한 느낌이 들었다. 원주민도 전학생
도 아닌.

아토피 치료와 함께 행복 학교를 추구하기 때문에 왕따 같
은 학교 폭력은 있을 수 없다는 게 교장선생님의 자부심이다.
인성 교육이 먼저이고 그다음이 성적이라고 할 정도로 강조하
는 편이다. 아무리 그렇다 하더라도 구멍은 나게 마련이고 바
가지는 새게 되어 있는 모양이다. 여섯 마리의 쥐가 모여도 권
력 관계가 형성되어 소외되고 왕따당하는 쥐가 생긴다고 하는

것처럼 소수의 집단이라 할지라도 사람이 모이면 생기는 부작용은 자동으로 따라오게 되어 있는 모양이다.

이다학교에는 방과 후 활동이 많다. 학교에서 24시간을 보내야 하기 때문에 다양한 프로그램에 참여해야 한다. 요일마다 다르게 1인 1악기 1스포츠는 누구나 해야 한다. 인원수가 많지 않기 때문에 전 학년의 희망자를 모아 같은 악기를 하게 되고 같은 종목의 운동을 하게 된다. 그러니까 전교생 합반이 많은 것이다. 인원수가 많지 않으니 어쩔 수 없는 일이다. 선배에게 찍히면 피할 길도 없다는 뜻이기도 하다.

방과 후 교실로 이동하면서 동민에게 은사리의 폐가를 아냐고 물었다.

"거기는 내가 태어나기 전부터 빈집이었을걸."

동민이는 네가 그 집을 어떻게 알아? 하는 눈빛으로 되물었다.

"거긴 왜?"

"한 번도 가본 적이 없어?"

그 집을 안다고 하는 사람이 없어서 더 알아보고 싶었다.

"동네 형들이랑 담력 시험하러 그 집으로 들어간 적은 있어. 딱 한 번."

"담력 시험? 그런 것도 해?"

"그런 게 있어."

"근데?"

"이거 아무한테도 얘기하면 안 되는데."

"걱정 마. 뭔데?"

"약속해, 아무한테도 얘기 안 한다고."

"얘기나 하셔."

"그 집에서 나오다가 나뭇가지에 옷이 걸린 것도 모르고 귀신이 붙잡는 줄 알고 울고불고……. 다신 안 가."

"큭큭큭, 하하하. 근데 왜 그 집이야?"

"야, 담력 시험하는 데에 빈집만 한 데가 어디 있냐? 동네와도 떨어져 있어 불빛도 없지, 수풀은 우거졌지. 여름 되면 뱀들이 우글우글거릴 테고. 특히 그 집은 돌담으로 되어 있어서 그 사이에 뱀이 많았어. 비 개인 날에는 뱀들이 돌담에 척척 걸치고 몸을 말리는 걸 많이 봤거든. 그래서 그 집 앞에서는 다들 기겁하고 뛰어가곤 했어. 한 번 그런 걸 보면 두 번 다시는 못 가거든. 거기다 아무것도 안 보이는 한밤중에 가봐라, 죽을 거 같지. 온갖 상상을 다 한다니까. 더군다나 길 건너 앞쪽에는 저수지도 있지. 밤만 되면 그 저수지가 얼마나 음산한지, 거기서 빠져 죽은 사람들이 밤마다 물 위로 나와 손짓하며 부르는 것 같다더라. 으흑, 난 무서워, 그 집."

그 집에 처음 들어서는 날, 돌 틈 사이에서 뱀을 본 것이 잘못 본 것만은 아닐지도 모르겠다는 생각이 들었다.

"혹시 그 집에 살던 사람들에 대한 얘기 들은 건 없니?"

"어른들은 그 집 가지 말라고 했어. 우리도 가면 안 되는 줄 알고 평소에 발길도 주지 않다가 동네 형들이 담력 시험 어쩌고 하면 어쩔 수 없이 한 번쯤은 갔는데 두 번은 가지 않았어."

엄마와 나는 아직 상자를 열지 않았다. 엄마가 좀 시간을 두고 열자고 했다. 엄마 나름 어떤 제의 절차를 밟고 싶다고 했다. 엄마가 뭘 하려는지 알 수 없다. 엄마가 알고 있는 종교의 식이라도 치르고 싶은 건지도 모르겠다고 추측만 할 뿐이다. 나는 조건을 걸었다. 반드시 상자 오픈은 나와 함께 하는 것으로. 엄마는 당연히 그럴 거라고 했다. "이 작업은 김벼리와 함께할 수 있어서 영광인데 맞춰드려야죠?"라고 했다.

상자를 열기 전 예방 주사처럼 미리 그 집에 얽힌 사연을 듣고 싶었다. 그래야만 조금이라도 감당할 수 있을 것 같았다. 그 집에 대한 말을 들으면 들을수록 으슥한 산속을 헤매는 것 같았다.

"근데 그 집은 왜 묻냐니까? 난, 잘 몰라. 울 엄마한테 물어봐줘?"

"아냐, 됐어."

차마 그 집으로 이사 간다는 말이 나오지 않았다. 그렇게 께름칙하게 여기는 곳이 우리 집이라고 하면 동민이는 무슨 생각을 하게 될까.

"그, 그냥, 지나다니다가 궁금해서."

세나가 해쓱한 모습으로 학교에 왔다. 짐을 푸느라 제법 아침 일찍 나온 모양이다. 살이 빠진 건지 서늘한 눈매는 더욱 길어지고 턱의 둥근 선은 사라지고 날카로움이 더 보태진 것처럼 뾰족했다.

"진짜 아팠던 거야?"

내가 기숙사 방까지 찾아가 말을 건네자 세나는 흠칫 놀란 듯 돌아보며 말했다.

"생리통 때문에 그래, 허리가 끊어지는 줄 알았어. 아플 때는 진짜 정신을 못 차릴 정도로 심해. 어떤 때는 기절할 것 같아. 정신이 혼몽할 정도라니깐."

"아, 진짜 생리통이었구나."

"내가 너한테 거짓말해서 뭐 하게?"

여전히 세나의 대꾸는 싸늘했다.

"나도 무지 심해. 거의 기절한 적도 있어. 응급실에 실려 간 적도 있고."

"대박, 진짜? 넌 나보다 더한 것 같은데? 난 기절은 안 하더라."

세나는 서랍에 학용품을 넣다 말고 놀란 듯 나를 올려다보았다.

"근데 설마 내 안부 때문에 여기까지 온 건 아닐 테고, 갑자기 그렇게 거리를 좁혀 오면 멀미 나지 않겠니?"

나는 뒤로 주춤 물러섰다. 그러자 세나가 설핏 웃었다.

"내 말은 그런 뜻이 아니라."

세나가 웃는 건 처음 본다. 하얀 이가 드러나며 웃는 모습이 정말 예쁘다. 세나는 여자인 내가 봐도 정말 예쁘다. 첫눈에 아 예쁘다, 소리가 절로 나온다. 하물며 남학생들은 어떠랴.

기숙사 방은 세 명이 쓴다. 학년별로 한 명씩 룸메이트로 배정되어 같은 학년끼리는 방을 쓸 수 없다. 또래를 만나기 위해서는 다른 방으로 원정을 가야 한다.

세나가 의외라는 표정으로 나를 본 뒤 다시 물건을 정리하며 물었다.

"뭔데?"

나도 정확히 모른다. 왜 갑자기 세나와의 거리를 좁혀 가려는지.

열일곱 살의 그 집 딸이 죽었다는 말에 왜 세나의 얼굴이 겹쳤을까. 내가 갑작스레 세나에게 톡을 넣고 챙기고 싶은 생각이 든 건 순전히 그 상자 때문이었고 마루 위의 구두 때문이었다. 세나도 곧 물건들의 주인처럼 사라질 것 같은 위기감이 든다고 해야 하나? 그런 세나를 그냥 두면 안 되겠다는 생각이 들었다. 그리고 최소한 세나가 내게 보인 호의에 대한 대답은 제대로 해줘야 할 것 같았다. 그게 지난가을과 올봄 사이에 달라진 생각이다.

그런데 생각보다 세나는 씩씩했다. 누군가 말을 걸어오기를 기다린 사람처럼 다소 퉁명스럽긴 했지만 대꾸는 싹싹했다. 세나는 그간 몹시 외로웠을 것이다. 자신을 외롭게 만든 그 세계로 다시 들어가는 게 죽고 싶을 만큼 싫다고 했다. 그래서 개학 후 그렇게 학교를 오지 않은 건지도 모르겠다. 가끔 그네에 앉아 하늘을 올려다보던 세나가 떠올랐다. 세나와 말을 섞으면 다른 아이들이 나를 어떻게 볼까, 그런 생각이 먼저 들었고 세나처럼 나도 그림자 취급당할까 봐 두려웠다.

내가 문틀에 기대 세나를 물끄러미 바라보며 생각에 잠겨 있자, 세나가 벌떡 일어나 내 앞으로 다가왔다.

"뭐가 궁금한데?"

한 방을 쓰는 후배 두 명이 우리의 눈치를 보다가 교실로 내려갔다.

"그런 말들이 왜 떠도는지 얘기해줄 수 있어?"

"뭐? 무슨 말?"

세나가 옷가지를 정리하다 말고 흠칫 손길을 멈추었다. 떠도는 말의 실체를 세나도 모르진 않을 것이다. 세나도 다 알고 체념한 듯한 표정이었으니까.

"……."

내가 말없이 세나를 바라보았다. 떠도는 말을 내 입으로 옮기는 건 정말 내키지 않는 일이다. 그것도 당사자 앞에서.

"여기서? 너 미쳤구나."

세나가 목소리를 낮추며 눈을 크게 떴다. 그런 다음 목소리를 더욱 낮추어 속삭이듯 말했다.

"눈치도 뭣도 아무것도 없는 전학생들 진짜 싫어. 우리를 무슨 아프리카 원주민 보듯 하는 너희들 정말 밥맛인 거 알아?"

"그게 무슨?"

"저 천진난만한 눈빛 봐라, 재수 없어. 가, 너네 방으로."

"대체 무슨 말이야?"

"내 입으로 그걸 말하라고? 원래 그렇게 잔인하니? 일부러 모른 척하며 꾹꾹 눌러 담은 말을 내 입으로 네게 친절히 해주라고?"

나는 세나가 어떤 것에서 화가 난 건지도 모른 채 뒤돌아섰다. 내 의도는 그게 아닌데. 세나는 그런 말이 나오는 것 자체로 진저리 치는 것 같았다.

'그래, 관두자. 이제 와서 괜히······.'

속으로 되뇌이며 계단을 내려서는데 세나의 목소리가 등 뒤에서 들렸다.

"이제서, 왜 그러는 건데. 내가 구원의 눈길을 보낼 때는 모른 척하더니. 나는 네가 소문을 못 들었다고 생각 안 해."

솔직히 그랬다. 모른 척, 다시 한번 말하지만 아는 척하기가 좀 무서웠다. 나는 한 계단 더 아래 발을 내려놓다가 세나를 돌아보며 말했다.

"나도 무서워서 그래. 그 말들이 사실이냐고 누구한테 물어볼 수 있는 성질의 것도 아니잖아. 물어보는 순간 그게 사실일까 봐 겁도 나고. 어떻게 이런 말이 떠도나 솔직히 좀 놀랐어. 그래도 당사자한테 물어보는 게 제일 낫지 않겠니? 그게 그렇게 잘못한 거야?"

따지듯 당차게 말하고 싶었지만 목소리 끝이 사정없이 떨렸다.

세나의 눈시울이 조금 붉어지는가 싶었다. 세나는 휙 돌아서 제 방으로 들어가 문을 소리 나게 닫아버렸다. 나도 공연히 눈물이 났다.

그 후 세나는 나를 보아도 본체만체했다. 나도 굳이 그런 세나에게 말을 붙이고 싶지 않았다.

금요일 오후, 기숙사에서 나가는 날이라 분주했다. 빨랫감을 가방에 욱여넣을 때 세나에게서 톡이 왔다.

  -같이 가자, 우리 동네에 방을 얻었다고?

'웬일? 왜 이렇게 부드럽게 나오지?'

세나의 톡을 보고 생각하느라 바로 답을 하지 못했다.

동네에 들고나는 일에는 비밀이 없다. 못 보던 차만 보여도 단번에 누구네 집 손님인지 소문이 파다했다. 엄마가 학교 가까운 동네에 방을 얻었다는 말은 금세 퍼졌다. 학교에서 두 모롱이 지나야 나오는 은사리 빈집을 샀다는 소식도 이 동네 사람들이 모를 리 없을 것이다. 동민이가 물었을 때 괜히 얼버무렸다는 생각이 들었다. 집에 가면 제 엄마 입을 통해 금방 알 텐데.

다시 세나에게 톡이 왔다.

-동민이한테 들었어.
-뭘? 금사리? 은사리?
-무슨 소리야? 은사리는 또 뭐야?
-응? 뭘 말하는 거야?
-내 자리 쓰레기 말이야. 그간 벼리 네가 치웠다고 동민이가 아까 그러
  더라.

동민이 이 자식은 모르는 것 같은데 다 알고 있다. 언제 또 그걸 보고 고자질 아닌 고자질을 하다니.

세나에게 가장 적대적으로 대하는 형모가 개학 첫날부터 세

나 자리에 휴지를 던졌다. 형모를 따르는 아이들도 따라 하지 않으면 안 되기라도 하듯 빈 우유갑이나 노트를 찢어 던졌다. 세나가 학교에 오지 않는 날이 늘어나자 빈자리에는 쓰레기가 넘쳐났다. 세나가 학교에 왔을 때를 생각하자 내 가슴이 콱 막혔다.

다른 아이들 눈에 띄지 않게 쓰레기를 치웠다. 그나마 전학생에게는 함부로 하지 못하는 분위기가 있지만 그렇다고 눈에 거슬리고 싶지 않았다. 이동 수업이 있을 때마다 제일 늦게 나가면서 치웠다. 그걸 동민이가 본 모양이다.

기숙사 복도에서 세나와 만났다. 세나는 까칠하게 굴 때와는 다르게 고개를 숙이며 쑥스러워했다. 나는 그런 세나를 향해 그냥 웃었다.

세나가 학교 후문으로 돌아가자고 했지만 나는 세나의 등을 떠밀며 운동장을 가로질러 정문으로 향했다. 이제 내가 세나와 같이 다닌다는 말이 삽시간에 퍼질 것이다.

세나는 고개를 숙이고 터벅터벅 걸으며 말했다.

"고마워."

그런 뒤 슬쩍 나를 올려다보았다.

"별거 아니야. 그냥 지나가다 눈에 거슬려서."

"이런 분위기 속에서는 별거라는 거 알아."

나는 더 이상 아무 말도 붙이지 못했다. 그냥 하늘을 올려다

보았다. 바람이 코끝을 스쳤다. 아직은 싸늘했다. 그때 또 세
나가 말했다.

"네가 떠도는 말이 무섭다고 했을 때······."

세나는 말끝을 잇지 못하고 허공을 바라보았다.

"그때 처음으로 울었어. 그동안 눈물조차 나오지 않았는데.
네 말을 듣던 날 그랬어."

세나는 하늘을 향해 얘기하는 것처럼 고개를 뒤로 꺾은 뒤
숨을 몰아쉬었다. 허공 속으로 세나의 뜨거운 입김이 흩어
졌다.

그런 뒤 세나는 정면을 담담히 바라보며 태규 이야기를 꺼
냈다.

처음 시작은 태규 때문이었어. 우리 반 태규 말이야.

태규는 감나무에서 떨어진 후 머리를 다쳐 조금 얼뜬 아이
가 되었어.

그래서 다들 태규를 크게 신경 쓰지 않아. 놀 때 잘 끼워주
지도 않고. 태규가 들어간 팀은 게임에서 지거나 긴장감이 떨
어지니까 서로 넣지 않으려고 해.

작년 여름 방학 시작하기 얼마 전, 태규가 남자아이들한테
당하는 걸 봤어. 태규는 바지를 벗기지 않으려고 발버둥을 치
고 남자아이들은 그런 태규를 재밌어라 놀려대고. 그러다가

발길질까지. 눈물 콧물 범벅이 된 태규의 일그러진 얼굴을 보며 다들 재미있어하는 게 믿기지 않았어. 동네에 떠도는 개도 그렇게 취급하진 않아. 그보다 더 심하고 비참했어. 태규를 빙둘러싼 아이들이 내가 아는 아이들이라는 게 무서웠어.

너, 잠자리 시집보내기 놀이라는 거 알아? 태규를 보면서 그 놀이가 생각났어. 잠자리 꼬리를 자르고 그곳에 보릿대나 풀대를 넣어 날려 보내는 놀이야. 그게 잠자리에게는 얼마나 잔인한 일인지, 놀이 삼는 사람은 잠자리의 고통에 대해 생각하지 않아. 그런 모습을 보고 오히려 희열을 느끼거든. 메뚜기를 잡아 강아지풀대에 꿸 때도 목에서 노란 진물이 흐르는데 그게 피라는 것을 생각하지 않아. 그래도 되는 줄 알고, 어떤 판단도 하지 않고 하던 대로 하는 거지. 어렸을 때 그런 놀이를 싫어한 나를 아이들은 이상한 눈으로 봤어.

태규를 볼 때 꼭 그걸 보는 느낌이었어. 그간 못 봐서 그렇지 실은 더 심하게 태규를 놀잇감 삼았을 수도 있겠다는 생각이 들었어.

내가 그러지 말라고, 태규가 싫어하지 않겠냐고 소리 질렀어. 그 후부터야. 쓸데없이 아는 체했다고, 태규가 네 애인이냐고 하며 나를 타깃 삼았어. 내가 학교나 동네 어른들에게 고자질할까 봐 미리 단속하는 건지도 몰라, 일종의 으름장 같은 거지. 그러기만 해봐라, 뭐 이런 식이지.

더욱 실망한 건 멋있게 생각했던 선배도 거기에 있었던 거야. 그것도 학생회장이라는 사람이. 재미있는 장난감 보는 눈으로 태규를 바라보는 걸 봤어. 태규에게 손끝 하나 대지 않았지만 다른 아이들의 발길질에 꿈틀대는 태규의 모습을 보고 즐기는 게 보였어. 너도 눈치 챘겠지만 그 선배는 우리 학교 여학생들이라면 누구나 좋아할 만큼 인기가 좋아. 그래서 좋아한다고 함부로 고백을 못 할 정도로 여학생들 사이에 예민한 부분이 있어. 그 선배와 내가 사귄 건 둘만이 아는 비밀이었는데, 어느 순간 거기에 이상한 말까지 붙어 떠도는 거야. 여자아이들에게 나는 공공의 적이 되어 있고. 안 그래도 선생님들한테 관심을 많이 받아 재수 없었는데, 짐작대로 회장까지 꼬신 나쁜 년이 된 거지.

태규 일은 완전히 묻혀버렸어. 주객이 전도된 느낌 알지? 중요한 건 따로 있는데 엉뚱한 거로 물타기하는 듯한 느낌. 네가 전학 와서 선배 어쩌구 하며 제일 먼저 들은 얘기의 당사자가 바로 나야. 선배는 마치 점령군 같은 기분으로 그런 말을 즐기는 것 같았고 나는 수치심을 가질 수밖에 없었어.

솔직히 네가 전학 왔을 때 일말의 기대감이 없었던 건 아니야. 너는 떠도는 말에 그래도 영향을 덜 받겠지 했는데 그건 내 바람일 뿐이었어. 어찌 보면 가장 예민하게 반응할 수밖에 없는 외부인이라는 거지. 너도 낯선 곳에 내던져진 느낌이기 때문에, 살아야 하니까 나름대로의 정보 수집이 필요했고, 제일 자극적으로 귀에 들어간 게 나와 선배에 대한 얘기였겠지. 그래서 내가 먼저 벼리 네게 말을 걸어도 싸늘했던 거 알아. 전학생들이 하나둘 늘어날 때마다 그 말이 그대로 살아나 나를 색안경 끼고 보게 만들겠구나 생각하면 그 자리에서 딱 죽고 싶은 심정이었어.

나는 여기가 너무 갑갑해. 여기를 떠나고 싶어. 얼른 시간이 지나 떠나고 싶은 마음뿐이야. 두 번 다시 돌아오고 싶지 않을 것 같아.

불같은 우리 오빠의 귀에 들어가면 나를 죽일지도 몰라. 동생 미나 귀에 그 말이 들어가는 것도 시간문제일 거야. 그렇게 되면 오빠가 동네 아이들도 가만히 두지 않을 거야. 난 또 그게 무서워. 말이 온 동네에 시끄럽게 번질까 봐.

그런데 아주 교묘하게도 공공연한 비밀이기 때문에 학교에도 엄마나 오빠의 귀에도 들어가지 않게 하는 기술이 있어, 그게 또 무섭더라. 그 연대가 깨지면 문제가 커지니까, 시끄러우니까, 그걸 피하는 길을 너무나 잘 알고 있어. 아이들은 소름 끼치게 영악스러워.

남의 일에 간섭해도, 여러 사람이 하는 일에 동조하지 않아도, 자기 할 일만 하고 공부만 해도 왕따의 조건이 된다. 잘난

체해도, 있는 체해도, 못나도, 지나치게 가난해도, 튀어도, 냄새가 나도, 지저분해도, 나처럼 아파도, 어떤 때는 쳐다만 봐도 따돌림의 표적이 된다. 도시의 학교에서는 비일비재하게 일어나는 일이다. 마치 출구가 없는 곳에 갇혀 누군가를 타깃 삼고 미워해야지만 살아갈 수 있는 이상한 동물이 된 것 같았다. 이곳 역시 다르지 않았다. 규모만 다를 뿐 똑같은 일이 일어나고 있다.

세나는 이다학교의 홍보 팸플릿에 모델로 나올 만큼 누구나 인정하는 외모이다. 그래서 세나와 사귀어보는 게 소원인 남자아이들이 많았다. 선배고 후배고 가리지 않았다. 세나를 보기 위해 교실에 기웃대는 남자아이들로 넘쳤다. 그럴 정도로 인기가 많았다. 그런데 내가 전학 왔을 때는 분위기가 그렇지 않았다.

태규를 놀리고 놀잇감 삼는 것이 암묵적인 관성이 되어 다들 재미있어하는 눈치였는데 거기에 반기를 든 세나를 다들 못마땅하게 여긴 것이다. 일테면 '너는 뭐라고 동조하지 않는 건데? 너만 별나게 깨끗한 척, 천사인 척하는 거야?' 그런 식이다. 거기다 학생회장까지 독차지했다는 말에 여자아이들의 마음도 돌아서게 만들었다는 것이다. 세나는 남학생들의 질투심과 여학생들의 질투심이 의기투합하여 모략하기에 좋은 배양소가 되었다.

말은 입에서 입으로 전해질 때마다 눈덩이처럼 부풀고, 듣기도 민망한 말들이 떠다녔다. 내가 전학 왔을 때는 말이 부풀어질 대로 부푼 상태였다.

세나의 말이 끝나자 나는 두 다리의 힘이 쭉 풀렸다. 생각보다 교묘하고 무서웠다.

세나가 말했다.

"넌 끼어들지 마."

"나도 이 학교의 일원이야. 언제까지나 전학생은 아니잖아. 그리고 나도 이 마을의 주민이다, 뭐."

"금사리에 방 얻어 들어왔다고? 후후."

세나가 냉소적으로 웃었다.

"진짜 주민이라니깐."

"그래, 누가 아니래?"

세나는 그저 내가 이 학교 학생으로서 주민이라고 말하는 줄 아는 모양이다.

"은사리 빈집 내가 톡으로 물어봤잖아. 그 집 이제 우리 집이야."

내가 은밀한 것을 고백하듯 툭 내려놓는 말투로 말했다.

"뭐? 진짜?"

세나는 놀란 입을 다물지 못한 채 그 자리에 멈춰 섰다. 그게 그렇게 놀랄 일인가, 나는 그게 더 놀라워 그 집에 대한 의구심만 더욱 키워가고 있다.

놀란 세나를 뒤로하고 걷다가 돌아보며 물었다.

"만약에 말이야, 다시 태규를 괴롭히는 걸 보게 된다면 그때는 어떻게 할 것 같아?"

세나의 용기에 무척이나 놀랐다. 중간에 세나의 말을 자를 수 없어서 듣고 있었지만 둔중한 쇠뭉치에 한 대 얻어맞은 것 같은 충격이었다. 그래서 다시 확인하고 싶었다.

세나는 고개를 숙이고 있다가 나를 바라보며 되물었다.

"너라면?"

"지금은 너 때문에라도 당장 나서고 싶은 심정이긴 해. 정말 대단한 사람은 너야."

"내가?"

"응, 나라면 나섰을까 싶어."

"그래서 도시에서 온 너희들을 재수 없어하는 거야."

"재수 없다는 얘기가 그 얘기야?"

"여기 아이들은 계산부터 안 하니까."

"그러니까 그게 대단하다고."

"할 줄 모르는 거지."

세나와 말을 나눌수록 깊어지는 느낌이 들었다.

"회장과 나에 대해 떠도는 말에 아주 부정할 수 없는 것도 있어."

세나가 아무렇지도 않게 툭 뱉었다.

"응?"

이번엔 내가 그 자리에서 얼어붙은 듯 걸음을 멈췄다. 심장이 사정없이 나댔다.

세나는 고개를 숙이고 운동장의 모래알을 발끝으로 톡톡 차며 몸을 이리저리 움직였다.

"정말이야?"

나는 벌린 입을 손바닥으로 가린 뒤, 세나를 바라보며 재차 물었다. 사방의 모든 움직임이 멈춘 것 같았다.

눈을 제대로 뜰 수 없을 정도로 강렬한 3월의 햇빛이 세나의 정수리에 꽂혔다. 토씨 하나 빠트리지 않고 낱낱이 듣겠다고 대드는 것처럼 날카로웠다.

세나가 내 어깨를 찰싹 때리며 말했다.

"정말, 뭐? 뭘 상상하고 있는 거야 대체?"

"아니라고 말해줘, 나 그만 상상하게 해주라."

세나가 하얗게 눈을 흘겼다.

"키, 키스는 한 적 있어, 딱 한 번."

나는 그 자리에 붙박인 채 숨을 쉬지 않고 세나를 보았다. 그런데 그 순간 왜 웃음이 터졌는지 모르겠다. 한편으론 그런 세나가 부럽기도 했다. 키스라니.

세나는 부끄러운 듯 눈을 내리깔며 앞서 걸었다. 세나가 나의 어깨를 찰싹 때린 것처럼 나도 세나의 어깨를 찰싹 때리며 웃었다.

"하하하, 호호호."

가슴이, 마음이, 등 안쪽이 간질간질했다. 저 들판에 피어오르는 아지랑이가 내 몸에 기어오르는 것처럼 간지러웠다.

"그게 뭐라고."

내가 아무렇지 않은 듯 하늘을 올려다보며 말했다. 세나는 계속 고개를 수그리고 나를 보려고 하지 않았다.

"됐어. 고개 들어."

그제야 세나는 고개를 들고 조금 웃었다. 나도 세나에게 나의 비밀을 얘기하고 싶다.

지금은 좋아졌지만 아토피로 인해 내가 왕따당했던 흑역사를 얘기해줄 참이다. 그 피눈물 나는 얘기를 들으면 세나는 어떤 기분일까? 그리고 은사리 집 흙더미에서 나온 붉은 무늬 상자를 함께 열어보자고 할 참이다.

"그런데 그 선배는 졸업했잖아."

내가 가던 길을 멈추고 말했다.

"한 동네 살면, 졸업과도 크게 영향을 받지 않아. 내가 한 말 기억나지? 지겹다고, 이곳을 벗어나고 싶다고. 이 마을을 아예 떠나기 전에는 영향권에서 벗어나기 힘들어. 지금도 그 선배한테 만나자는 연락이 오는데 계속 씹고 있는 중이야. 그런 걸 우리 학교 여자아이들이 모를 리 없다고 생각해."

"너, 설마 지금도 회장을 마음에 품고 있는 건 아니지?"

세나는 휙 돌아서 나를 쏘아본 뒤 말했다.

"내가 억울하고 분한 건 첫 키스를 그 쓰레기와 했다는 거 야."

"태규에게 고마워해야 할 것 같은데. 쓰레기를 일찍 알아보 게 해줬잖아."

"그러네, 하하하."

허탈하게 웃는 세나를 보며 내가 말했다. 얘기를 나눌수록 세나에 대한 믿음이 생겼다.

"너한테 부탁할 게 있어."

내가 웃음기를 거두며 말했다.

"네가 나한테?"

"나도 너와 공유하고 싶은 비밀이 있어."

세나의 미간이 장난스럽게 찡그려졌다.

"너도 뭐 첫 키스……?"

"아니거든."

세나와 함께 상자를 열고 싶었다. 그 속에 아무것도 없다 하 더라도 그 집에 대한 비밀을 세나와 공유하고 싶다는 생각이 들었다.

"일단, 보여줄게 있어. 본 다음에 얘기해줄게."

세나와 나는 은사리로 향했다. 엄마는 오늘 장독대가 있는 뒤꼍을 정리한다고 했다.

블로그에는 하나도 손대지 않았을 때의 은사리 모습을 세세히 올렸다. 거의 폐허 수준임에도 이웃 블로거들의 응원 댓글이 장난 아니었다.

- 집 앞 풍광이 예술이에요, 보는 것만으로도 힐링.
- 옛날이야기에 나올 것 같은 집이야. 벼리야, 포스팅 잘 부탁해.
- 우왕, 언니! 정말 멋진 집이 될 것 같아요.
- 놀러 가고 싶어요. 다 수리되면 어떤 모습일까 궁금해요.
- 나무들이 많아서 정말 멋진 집이 될 것 같아요.
- 다들 시골집 로망을 갖고 있는데, 그 용기에 박수 보내요.
- 딸과 엄마가 함께 꾸미는 집, 멋져요. 벼리 화이팅!
- 뒤뜰에는 감나무, 앞뜰에는 모과나무가 있네요. 어쩜 저리 수형이 예뻐요?
- 족히 몇십 년은 된 것 같네요. 안전 진단 받아보세요, 무너질 수도.
- 위험할 수 있어요, 생각보다 새는 곳도 많고요.

엄마와 내가 함께한다는 것을 알고 더욱 기뻐하는 딸 가진 엄마들이 많았다. 벼리와 같은 딸 하나 있었음 소원이 없겠다며 아들만 셋인 엄마는 울고 싶은 심정이라고 했다. 이 집을 수리하는 데 많은 응원군이 생겼다. 사진을 좀 더 많이 올려달라고 아우성이다.

무슨 나무인지 모를 때 사진을 찍어 올리면 잎사귀 하나 없는데도 나무 형태나 껍질을 보고 이름을 척척 알려주었다. 엄마의 이웃 블로거들은 나름 그 세계에서 전문가들이다. 특히 아이가 아토피라는 공통점이 있어서인지 자연에 대한 것은 전문가 이상으로 박식한 사람이 많았다. 풀과 나무 공부만 십 년 이상 한 사람도 있고 전국의 땅 기운에 대해서는 지도를 그릴 만큼 쫙 꿰고 있는 사람도 많았다. 엄마가 이곳 이다학교로 나를 전학시키기 전에 이쪽 풍수를 상담한 분도 이웃 블로거였다.

엄마와 나는 해시태그를 계속 늘려나갔다. 반응이 생각보다 좋은 것을 보고 엄마는 더욱 힘이 난다고 했다.

"이런 공간을 꿈꾸는 사람들이 생각보다 많네."

엄마가 블로그에 달린 댓글에 일일이 안부 인사를 달며 말했다. 아픈 아이 때문에 함께 울며 보낸 시간을 서로 알고 있다. 서로가 없었다면 버티기 힘들었을 거라고 말하던 사람들이다. 그래서 다들 블로그라는 공간에서 아이를 키운 것 같다고 말할 정도로 블로그는 한 마을과 같은 공동체였다.

엄마는 블로그를 보며 곰곰이 생각에 잠긴 듯했다. 그런 뒤한 개의 해시태그를 더 넣었다.

#은사리_시골집 #아토피_치료 #은강저수지 #헌집_수리 #시골집
#흑백_사진 #가족사진 #딸과_엄마가_함께 #쉼이_필요할_때

세나와 운동장을 가로질러 교문을 벗어나 일단 금사리 쪽으로 천천히 걸었다. 포장되지 않은 모랫길에서 풀풀 먼지가 날렸다. 마을 입구 정자목 아래 앉았다. 학교 쪽에서 마을로 갈때는 금사리를 지나야 은사리가 나온다. 세나에게 블로그에 있는 은사리 집을 보여주기 위해 앉았다 가기로 했다. 금사리 정자목 아래에는 둥그렇게 원형으로 의자가 있다. 그 안에는 보호목이라는 표지석도 있다. 금사리 정자목은 왕버드나무이다. 마치 여러 마리의 용이 몸통을 엇갈리게 꼬며 하늘로 올라가는 듯한 둥치를 갖고 있다. 사람 서너 명이 양손을 잡고 빙둘러도 모자랄 만큼 굵직하다.

핸드폰을 꺼내 세나에게 블로그 사진을 보여주자, 이 집이 이 정도로 귀신 나올 것 같은 집이었냐고 입을 딱 벌렸다. 너희 엄마도 엄마지만 너도 대단하다고 했다.

"엄마를 말리지 않았어?"

세나가 엄마를 말리지 않은 나를 나무라듯 물었다.

"우리 엄마, 말린다고 들을 사람도 아냐."

"그건 우리 엄마랑 똑같네."

세나가 더 편안해진 표정으로 말했다. 공연히 엄마와 내가 무슨 굉장한 일을 벌인 것 같은 느낌이 들었다. 세나가 그 집 무섭지 않냐고 물었다. 무섭다기보다는 뭐라고 해야 하나, 좀 복합적인 기분이 들었다.

"슬프기도, 서럽기도."

"왜?"

"모르겠어."

"보여주고 싶은 게 이 집이야?"

"아니."

"그럼?"

"일단 가서 봐."

세나는 보여줄 게 이 집이 아니면 대체 뭐냐고 은사리로 향하는 내내 나를 다그쳤다. 궁금해 죽을 지경이라고 했다. 나는 가보면 안다고, 가서 봐야지만 내가 왜 슬프기도 서럽기도 한지를 알 수 있다고 했다. 그러자 세나는 더더욱 궁금해 죽을 것 같은 표정으로 나를 흘낏거리며 잰걸음으로 앞서 걸었다.

그러다 세나와 나는 누가 먼저랄 것도 없이 은사리 그 집을 향해 뛰었다.

은사리 집 앞에 다다랐을 때 대문이 어연번듯하게 우릴 반겼다. 볼수록 엄마 말대로 운치 있는 대문이다. 세나는 여기에 대문까지 있었냐며 놀라워했다. 읍내로 나갈 때마다 이 앞길을 그렇게 지나다녔는데, 한 번도 눈여겨보지 않은 곳이라 집이 있으리라고는 생각하지 못했다고 했다. 더군다나 대문까지 이리 번듯하게 있었다니, 하면서 놀라움을 금치 못했다. 나는 세나의 그런 표정을 보면서 왠지 모르게 나만의 보물단지를 한 켜씩 공개하는 것 같은 기분이 들어 으쓱했다. 세나가 그 붉은 무늬 상자를 보면 어떤 표정일까, 그리고 이 집의 사연을 들으면 어떤 느낌일까. 나는 세나에게 보여줄 엎어놓은 카드가 있다는 것에 공연히 어깨가 더 올라가는 것 같았다.

대문은 오랫동안 사용하지 않았기 때문에 당분간 쓸 수 없어서 엄마와 나는 돌담으로 드나들었다. 얕은 돌담이었지만 몇 군데는 그것마저 허물어진 곳이 있어 다리만 크게 벌리면 드나들 수 있었다. 마당으로 들어가는 길은 지난 일요일에 아빠가 나뭇가지를 베어내어 정리해주었다. 손으로 일일이 정리해보고 싶어 하는 엄마의 심정을 이해하면서도 힘들어할까 봐 무척 애달파하는 눈빛이 가득했다. 그래도 더 이상 잔소리하지 않고 엄마가 원하는 대로 나뭇가지를 베어내고 길을 내주어서 드나들기 수월했다. 나뭇가지에 머리와 옷을 잡아 뜯길 염려는 없어졌지만 손보지 않은 곳은 아직도 밀림 같다. 이 집에서 담력 시험하다 옷이 걸려 어둠 속에서 울고불고하던 동민이 얼굴을 상상하자 풋, 웃음이 났다. 안방까지 들어가 물건을 하나씩 가져오는 시험이었는데 방은 고사하고 마당의 나무들 때문에 들어갈 수가 없었다고 했다. 마당 안의 나무들이 사람 형상을 하고 있는 것처럼 무서웠다고 했다.

세나가 왜 웃냐고 묻는 듯이 내 얼굴을 올려다보았다. 동민이 얘기를 하자, 세나도 소리 나게 웃었다. 남자아이들 중에는 그래도 동민이가 착하다고 했다. 그런 동민이마저도 태규를 놀리는 자리에 있었다고 한다. 남자아이들 세계는 또 그들만의 찐득한 뭔가 있어서 모두 가담해야 모두 가담한 것이 아닌 게 되는 묵계 같은 게 있어 보인다고 했다. 모두 가해자이기 때문에 어느 한 명을 가해자로 지목할 수 없는 상황을 만든다는 것이다.

가령, 한 남학생이 여러 친구들에게 맞았다. 그런데 누구의 주먹에 맞았는지 알 수가 없다. 그래서 더 가담하기 쉽다는 것이다. 언제 어느 때 어떤 순간 때문에 죽음에 이르렀는지 모르기 때문이다. 가해자는 있지만 특정할 수 없는, 누구도 책임지지 않는 가해자가 있을 뿐이다.

"그럼 다 가해자 아닌가?"

내가 세나를 돌아보며 말했다.

"……."

세나가 나를 빤히 쳐다보았다.

"왜 가해자는 콕 집어 한 명이어야 된다고 생각했지?"

세나가 되물었다.

"그것도 어떤 한 사람에게 책임을 씌우기 위한 논리 같은데."

내가 나뭇가지를 젖히며 말했다.

"그래 맞아, 주동자를 찾아내어 책임지게 하는."

"주동자는 있을 수 있지만 거기에 가담한 사람은 누구든 책임을 져야 해."

"어쩔 수 없었다고 말하면?"

"그래도 용기를 냈어야 하는 거 아닌가. 방관자도 침묵하는 사람도 다 어느 정도의 책임이 있다고 생각해."

내 입으로 말해놓고 순간 뜨끔했다. 나는 방관자가 아니라고 말할 자신이 없다. 정확히 말하면 나는 전학생이라는 방패막이 뒤에 숨은 방관자이기 때문이다.

굳게 닫힌 대문을 지나 세나의 손을 잡아주며 돌담을 넘었다. 아직 덜 정리된 나뭇가지에 손등이나 옷이 긁힐까 봐 조심해야 했다.

하얗게 퇴색된 마루 위에는 붉은 무늬 상자가 오롯했다. 상자 앞에는 하얀 국화꽃다발이 놓여 있다. 엄마가 놓았을 것이다. 엄마가 말한 나름의 의식을 치르고 있는 중인가 보다. 엄마는 마을 사람들 입을 통해 이 집에 대한 더 구체적인 이야기를 들었을지도 모른다. 세나는 이게 무슨 상황인가 싶은지 두리번거리며 집 안을 기웃거리느라 바빴다.

집 안이 너무 조용했다. 새소리만 가득했다. 나무마다 작은 새들이 날아와 빈집을 채우고 하늘과 땅 사이를 채웠다. 이제껏 이 집을 지키고 있는 건 마당의 나무와 새들 같았다. 엄마는 오늘 장독대가 있는 뒤꼍을 손본다고 했다.

"잠깐만 기다려."

세나는 이 집의 정체 자체에 놀라운지 연신 "대박"이라는 말을 하며 두리번거렸다.

나는 뒤꼍으로 들어섰다. 엄마가 장독대 옆 너럭바위에 앉아 뭔가를 골똘히 들여다보고 있다. 낙엽 아래 저런 너럭바위가 있었다니. 오전 내내 정리를 했는지 뒤꼍의 모습이 어느 정도 드러났다. 뒤뜰도 앞마당 못지않게 널찍했다. 오후 시간인데도 해가 뒤꼍까지 비껴들었다. 널따란 너럭바위 위로 오후 햇빛이 가득했다. 탁자로 써도 될 만큼 고루 평평했다. 그 위에 앉아 뭔가를 읽는 듯한 엄마의 모습은 아주 오래전의 시간으로 돌아간 듯 보였다.

"뭐 해?"

엄마가 고개를 들었을 때 눈시울이 붉어진 걸 보았다.

"왜 또?"

이 집에 처음 온 날이 겹쳐 왔다. 아직도 그때 눈물의 의미를 이야기하지 않았는데 지금 또. 다그쳐 물었다. 이번엔 무엇이 엄마를 울린 걸까.

"어, 왔어? 일찍 왔네."

엄마는 허둥대며 말했다.

"힘들어? 힘들어서 그래?"

"아니, 너무 예뻐서."

"뭐가?"

"이 집이. 오후의 햇빛 드는 것까지 계산해 너럭바위를 들이고 장독대를 만들었네."

"그렇게까지?"

엄마가 손에 들고 있던 액자를 내려놓으며 너럭바위 한쪽을 쓸어낸 뒤 앉아보라고 했다.

"앉아봐, 엉덩이가 따뜻해."

"그건 뭔데? 이리 내놔봐."

흑백 사진과 컬러 사진이 깨진 유리 아래 빼곡하게 들어찬 액자였다. 이 집에 살던 사람들인 모양이다.

"벽에서 떨어진 것 같아."

엄마는 마른 장갑으로 연신 액자틀과 유리의 먼지를 닦아냈다.

엄마는 떨어져나간 문짝 하나도 버리지 않고 어디에 있었던 건지 맞춰보았다. 쌓인 먼지를 털어내고 닦아낸 뒤 보강재를 대고 유리는 최신 것으로 갈아 쓰면 된다고 했다. 특별히 방음이나 방한할 필요가 없다면 이 집에 가장 어울리는 것은 처음에 있던 것이란 생각이 들어서 살려 쓰기로 했다.

세나가 뒤꼍으로 들어왔다. 낙엽 밟는 소리 때문에 모든 움직임이 감지됐다. 세나가 고개를 숙이며 인사했다.

"어머, 깜짝이야, 어디서 선녀가 나타났나 했네. 호호호."

엄마는 내가 친구를 데려온 것 자체로 좋아서 오버하기 시작했다.

나는 엄마의 입을 틀어막고 싶은 심정을 누르며 짧게 말했다.

"친구 세나."

"세상에, 벼리 친구니?"

엄마는 옷에 묻은 먼지를 털고 모자를 고쳐 쓰며 말했다.

"거봐, 이렇게 벼리 친구도 만날 수 있고. 안 그럼 지금쯤 서울 가는 차 안에 있었을 텐데. 어서 와, 환영해."

엄마는 우리의 대답 같은 건 기다리지 않고 묻고 싶은 말과 하고 싶은 말만 했다. 엄마가 흥분하면 나오는 버릇이다. 엄마는 내가 친구를 데려오리라고는 전혀 예상치 못한 듯 허둥대기까지 했다. 엄마는 앞뜰로 나서며 나무 아래 작은 탁자와 의자가 있는 곳으로 안내했다. 집 안이나 마루는 아직 불안하니 어느 정도 골조 보강 공사를 한 뒤 들어가야 한다고 했다.

엄마는 하얀 리넨 테이블보를 깔고 그 위에 찻잔을 준비했다. 영양떡과 과일을 꺼내 권했다.

"정리를 못해 여기가 좀 험해. 아직은 추운데 저쪽 금사리 집으로 가지."

"이곳이 궁금해."

내가 정색하며 말하자 엄마는 소리 없이 환하게 웃었다.

차를 따르자 김이 올랐다. 엄마의 얼굴은 방금 전과 다르게 아주 편안해 보였다. 세나는 엄마의 손놀림에서 눈을 떼지 못했다.

세나는 내 귀에 대고 속삭였다.

"우리 엄마랑 똑같다는 말 취소."

"하하하."

내가 큰 소리로 웃었다.

세나는 소리 없이 웃으며 쑥스러운 듯 엄마의 얼굴과 손길을 따라 시선을 옮겼다.

"벌써 비밀이 생긴 거야?"

엄마는 세나와 나를 번갈아 보며 눈빛을 반짝였다. 꿀이라도 떨어질 기세이다.

바람이 불었다. 저수지의 물빛이 그대로 반사되어 이 집 앞마당까지 빛의 산란이 일어나는 것처럼 보였다. 바람이 제법 부드러워지긴 했지만 그래도 찼다. 리넨 테이블보가 바람에 하얗게 일렁였다.

소풍 나온 느낌이 들었다. 이렇게 밝은 집이었다니. 우리 집이 되어서 그런 건가? 첫날 왜 그렇게 음침해 보였는지 모르겠다. 그날의 날씨 때문이었는지도 모른다. 눈이 올 것처럼 낮게 내려앉은 하늘과 어둑했던 그날의 날씨가 떠올랐다. 칙칙한 흑백 사진 같던 이 집의 전경이 머릿속에 사진처럼 찍혀 있다. 괴이할 정도로 마당에 얼키설키 자란 나무들, 사람이 살 수 있는 공간이 아니라 자연의 무성함이 점령한 듯한 느낌, 그곳에 엄마와 내가 침입자가 된 듯한 기분이었다. 오늘은 완전 컬러 사진처럼 분위기가 달랐다. 푸른 기운이 올라오는 땅에서 연둣빛이 나기 시작하고 강가의 버드나무 끝은 벌써 노란빛으로 물이 올랐다. 기분 탓이 아니라 계절 탓인 모양이다. 미세먼지마저 말끔히 사라져 저수지 건너에 있는 산등성이 라인이 선명했다.

해가 뉘엿뉘엿 넘어가는 시간인데도 마당 안에 햇빛이 가득했다. 마루를 지나 안방 깊숙한 곳까지 해가 들었다. 집 앞 들판에는 이 일대의 물을 대는 큰 저수지가 있어서 물비늘이 석양빛에 찰랑대는 것도 훤히 보인다. 저수지 건너 산등성이로 저녁놀이 지는 것도 볼 수 있다. 엄마가 마음에 들어 했던 건 바로 이러한 위치 때문이다. 그것도 앞이 훤히 트인 언덕 위에 있는 것도 모자라 돌로 집터를 다지고 고여 기단을 만들고 그 위에 자리를 잡았다.

차를 마시며 집 앞 풍경과 집 안을 둘러보던 중 마루 위 붉은 상자에 세나의 시선이 멈췄다. 그 옆에 놓인 하얀 국화꽃이 예사롭지 않은 분위기를 풍겼다. 내가 엄마에게 물었다.

"국화꽃은 엄마가?"

"으응, 그냥, 엄마 나름의 예의."

엄마가 우리 둘만의 사인인 것처럼 작게 말했다.

세나는 무슨 말인지 몰라 엄마와 나를 번갈아 보았다. 내가 말없이 붉은 무늬 상자를 한참 동안 바라보았다.

"응? 저거라고?"

세나는 괜히 엄마의 눈치를 살피며 작은 목소리로 물었다.

"그새 둘만의 비밀이 한두 개가 아닌 모양인데? 아까부터 척하면 착하고 말이야."

엄마가 신기한 듯 웃으며 물었다.

"세나랑 같이 열어보고 싶어서."

"좋지, 아마 친구를 얻은 것처럼 좋아할 거야."

세나는 무슨 말이냐는 눈빛으로 계속 물었다.

"상자는 내일쯤 여는 게 어때?"

엄마가 찻잔을 내려놓으며 말했다. 내일이라고?

"왜, 굳이?"

나는 당장 열어보고 싶은 마음에 세나까지 데려왔는데 엄마의 말은 뜻밖이었다.

"추모 기간이라고 해도 되나?"

"꼭 그래야 돼?"

엄마가 내 손을 잡은 뒤 토닥거리며 말했다.

"어쩌면 십수 년 동안 누군가의 손길을 기다렸을지도 몰라."

"아우, 왜 그렇게 무서운 말을 해, 점점."

나는 엄마의 손을 떨어내며 얼굴을 찡그렸다.

"그냥 숨고르기 시간이라고 생각해, 그럼. 저 상자에도 숨쉴 시간을 주어야 할 것 같아서."

그런 뒤 엄마는 큰 숨을 몰아 내쉬었다. 마치 속에 눌러놓은 것을 토해내듯 말이다. 사실은 상자의 주인보다는 엄마 자신에게 시간을 주고 싶은 건지도 모르겠다는 생각이 들었다. 엄마는 그동안 피해만 왔는데 이제야 정면으로 맞설 용기가 생긴 것 같다는 말을 엊그제 이 집을 나설 때 혼잣말하듯 했다. 나는 엄마가 이 집을 통해 엄마 과거와 화해를 하려는지도 모르겠다고 생각했다.

무너진 작은방에서 온전히 건진 건 저 상자밖에 없다. 저 상자 안에 방 주인이 중요하다고 생각하는 것이 들어 있을 것이다. 상자가 묵직해서 더더욱 그런 상상을 할 수밖에 없다.

상자는 내일 열기로 했다.

"참 좋다, 우리 벼리 친구도 오고. 자주 놀러 와."

"네, 저도 좋아요."

세나가 밝게 답했다.

세나와 함께 공유할 수 있는 비밀 아닌 비밀이 생겼다는 게 좋았다. 세나도 좋아하는 눈치였다. 설핏 밝은 웃음 사이로 그늘이 보이긴 했지만 세나도 나름 애쓰는 것 같았다. 지난 몇 달 동안 시간을 그냥 흘려보낸 것 같아 아까웠다. 그때 진작 세나와 가깝게 지냈으면 어땠을까.

집을 나오며 세나가 말했다.

"너네 엄마, 되게 우아하셔."

세나가 엄마를 주의 깊게 보던 게 생각났다.

"뭘, 여기 치우느라 꾸미지도 않으셨는데."

"그러니까 진짜 우아하신 거지."

"우리 엄마 소녀 같을 때가 많아, 어떤 때는 나보다 더 어린 거 같기도 하다니까."

"헐, 설마."

세나가 살풋 웃으며 뒤이어 말했다.

"딸과 엄마 사이 같지 않은 분위기가 그래서 나는 모양이야, 내가 느낀 게 아주 근거 없지는 않네."

세나의 말에 나도 기분이 좋았다.

"우리 엄마와는 너무 다르다."

세나가 웃음기 가신 얼굴로 하늘을 올려다보며 말했다.

엄마는 나이가 들어도 나와 친구처럼 지내는 게 목표이다. 그러기 위해서는 절대 꼰대처럼 되지 않을 것이며, 내가 성장하는 만큼 엄마도 성장하기 위해 노력할 거라고 했다. 요즘엔 변화가 너무 빨라 엄마가 적응하기가 쉽지 않은 세대지만 다른 행성에 살고 있는 듯한 느낌은 주고 싶지 않다고 했다. 서로 공부하고 알아가려고 노력해야지만 감을 잃지 않고 통한다고 생각한다. 그래서 엄마는 세대에 대한 공부도 하는 중이다. 내가 밀레니얼 세대니까 그들 세대의 특징은 무엇인가, 90년대와 2000년대생들은 도대체 어떤 문화 속에 자랐고 그들의 특질은 무엇인가 공부하는 모임에도 참여하고 있다. "왜 그렇게 노력하는데?" 하고 물어보면

"외롭지 않으려고."

아주 쿨하게 답한다.

세나에게 이 집에 얽힌 열일곱 살 언니의 죽음을 얘기했다. 세나는 어깨를 문지르며 소름 돋는다고 했다. 엄마와 나는 상자와 구두의 주인은 그 언니가 아닐까 생각한다며 나름의 의식을 치르는 중이라고 했다.

그러자 세나는 이해할 수 없다는 눈빛으로 나를 보았다. 믿기지 않는다고 해야 하나, 아님 별나다고 생각하는지도 모르겠다.

이 집에 대해 마을 사람 누구에게 물어본들 떠도는 말일 뿐
이라는 생각이 들어서 더 이상 알아보지 않기로 했다. 이야기
란 자꾸만 자라기도 하는 거니까. 그 실체를 가리거나 왜곡되
게 만들 수도 있는 거니까.

"어디가 됐든, 사연 없는 곳이 없대. 엄마가 그러는데 새로
운 사람들이 새로운 이야기를 써가면 되는 거래."

세나는 말없이 고개를 끄덕거렸다. 세나도 지금 그런 유의
피해를 겪고 있기 때문일 것이다. 나 또한 붉은 무늬 상자와
구두를 보며 세나가 떠오른 이유가 아주 근거 없진 않을 거란
생각이 들었다. 그래서 지금 세나와 마주 볼 수 있는 기회가
생긴 것이다. 그렇게 생각을 바꾸지 않았다면 용기를 내어 세
나에게 말을 걸지 못했을 것이다.

세나와는 금사리 정자나무 삼거리에서 헤어졌다. 고개를
푹 숙이고 걷는 세나의 뒷모습은 여전히 생각이 많은 것처럼
보였다.

붉은 무늬 상자

상자를 열자 묵은 종이 냄새가 훅 끼쳤다. 오래된 책의 곰팡내와 비슷했다.

제일 먼저 눈에 들어온 것은 우리 또래 취향의 팬시와 책이다. 여러 권의 다이어리는 노랑, 초록, 보라 등 색색으로 달랐다. 직접 그리고 쓴 시화집도 있다. 다이어리 갈피마다 여러 장의 사진이 있고, 누군가와 주고받은 쪽지 편지도 끼워져 있다. 피노키오 나무 인형이 있고 인형뽑기에서 나온 듯한 털 인형도 있다.

물건들의 보존 상태가 생각보다 좋았다. 엄마가 말한 대로였다. 잘 썩지 않는 향나무의 특질도 있지만 황토에 덮여 있어서 공기가 차단되어 보존 상태가 좋은 것 같다고 했다. 상자 안은 연결 부위마다 밀랍으로 봉해져 있어서 습기가 침범하지 않았다. 엄마는 섬세한 솜씨라며 감탄했다.

뚜껑을 열 때 세나와 나는 너무 긴장하여 숨을 멈추고 기다렸다. 혹여 상상하지 못한 험한 것이 들어 있으면 어쩌나 하는 두려움이 컸다. 가령 여러 마리의 뱀이 엉켜 겨울잠을 자고 있든가 하는.

다이어리에는 일기 형식으로 쓴 긴 글과 짧게 메모하듯이 몇 줄 써놓은 글도 있다. 상자의 주인은 고1 여고생 강여울이다.

"이름 속에서 물소리가 나는 거 같다."

엄마가 꿈속 같은 아련한 목소리로 다이어리에 쓰여 있는 이름을 손끝으로 만지며 말했다.

"이름 예뻐요."

세나가 노란색 표지 위에 흐릿하게 남아 있는 동글동글한 글씨체를 보며 담백하게 말했다.

"네 이름도 예뻐."

내가 세나를 보며 말했다.

세나의 이름을 들었을 때, 분위기에 딱 맞는 이름이라고 생각했다. 커다랗고 서늘한 눈매와 갸름한 얼굴, 둥글고 고운 턱선에 어울리는 이름이다.

세나가 좀 부끄러운 듯 고개를 집어넣고 슬쩍 웃으며 말했다.

"네 이름 처음 들었을 때 되게 신선했던 거 알아? 별이? 벼리? 별루? 그랬다니깐, 후후후."

세나의 웃음소리가 어제보다 길어진 것도 같았다. 엄마는 그런 세나를 또 어찌나 예뻐하는 눈길로 바라보는지 모르겠다.

"별루? 그래 내 별명이다, 왜. 재밌냐?"

전학 첫날 "안녕하세요? 김벼리라고 합니다"라고 했을 때 아이들이 쿡쿡 웃었다.

"왜 우리한테 존댓말을 하고 저런대? 이름이 별이야, 벼리야, 별루야?"

수군대는 소리가 들렸다.

"큼큼, 안녕! 난 김. 벼. 리. 야."

다시 수정하여 말했을 때도 아이들은 웃었다. 그래서 나도 그냥 웃었다.

"네가 순진하게 또박또박 이름을 다시 대자 아이들이 웃는데도 노여움 타지 않고 웃었을 때, 서울 애들은 참 세련됐다는 생각이 들었는데."

"오, 진짜? 이런 얘기 진즉에 들었어야 하는 건데."

이름으로 별명 짓는 건 어디서나 똑같았다. 이름에서 연상되는 작은 틈만 있으면 바로 별명이 되었다. 내 별명은 어렸을 때부터 쭉 '별루'이다.

"하하, 그러게."

세나의 얼굴은 며칠 전과는 조금 달랐다. 아주는 아니지만 그늘 속을 벗어나 양지로 가려고 애쓰는 것 같았다.

"호호호, 김벼리 별명은 여기서도 별루로?"

세나와 나를 번갈아보며 말하는 엄마의 얼굴에서 웃음기가 떠나지 않았다.

"너희들, 조오기 호숫가에 있는 물오른 버드나무 가지들 같다. 예뻐."

"으헉, 닭살. 세나야, 미안."

"난 좋은데, 딱 맞는 표현 같아요. 작가하셔도 될 것 같아요."

세나는 엄마의 소녀 취향에 기름을 부었다.

"호호호, 세나야, 넌 나의 진가를 알아주는구나."

그렇게 웃고 얘기하다 상자 속을 바라보면 마음이 엉켜 돌며 착잡해졌다. 상자 앞에서 웃는게 어쩐지 좀 미안했다.

난 꼼꼼히 사진을 찍었다. 상자를 여는 순간부터 상자 속의 물건들을 하나하나 마루 위에 올려놓으며 한 컷씩 찍었다. 노란색 다이어리 위에 '강여울'이라는 이름도 한 컷.

블로그에 '붉은 상자'라는 코너를 만들어 그곳에 상자에 관한 사진과 글을 올리려고 한다. 이 상자는 한 사람의 기록이 담긴 것이기에 그것을 그대로 정리해두고 싶었다. 그래서 더욱 꼼꼼히 사진을 찍었다. 해시태그에 '강여울'이라는 이름을 넣을지는 조금 더 생각해보기로 했다.

다이어리에는 어떤 이야기가 들어 있을까. 어쩌면 먼 과거의 시간에서 먼 미래의 누군가에게 편지를 남겨놓은 건지도 모른다. 짧은 시간 머물다 갔지만 이렇게라도 흔적을 남겨놓고 싶은 간절한 바람이 지금에서야 닿은 건지도 모르겠다. 엄마 말처럼 포클레인으로 뭉개버려 그냥 묻혀버리게 두고 싶지는 않았을 누군가의 바람이 전해져 내 앞에 도착한 건지도 모르겠다.

상자 속에서 물건들을 꺼낼 때 엄마의 손이 가늘게 떨렸다. 엄마는 상자를 열기 전에 성호를 그었고 상자 속의 물건들을 꺼낼 때마다 또 성호를 그었다. 마치 누군가의 유해를 꺼내듯이. 물건들의 주인이 이 세상 사람이 아니라는 게 믿기지 않았다.

어떤 사람이었을까. 살아 있다면 지금 서른 살이 훨씬 넘었을 것이다. 어쩌면 결혼을 했을지도, 자기 닮은 예쁜 아기를 낳았을지도, 삼십 대의 인생을 살아내느라 고달프게 움직이고 있을지도. 스무 살쯤엔 연애도 했을 것이고, 푸른 꿈을 꾸며 절망과 희망을 오가고 헤어짐과 만남을 반복하는 청춘을 지냈을 것이고, 꿈 많고 웃음 많은 십 대 시절을 보냈을 것이고 누군가에게는 세상에서 가장 예쁜 어린 딸이었을 텐데…….

열여섯 살인 나와 다르지 않은 삶을 살았을 거란 생각을 하자 속이 먹먹해졌다.

아무도 말을 하지 않았다. 그냥 물끄러미 상자 속의 물건들을 바라보다가 상자 밖으로 물건을 하나씩 꺼내는 엄마의 손길을 따라 시선을 옮길 뿐이다. 세나와 나와 엄마의 낮은 숨소리만이 한동안 이어졌다. 나는 침묵과 침묵 사이, 한숨과 한숨 사이 찰칵찰칵 소리내며 마치 찍을 수 없는 것들을 기록하려는 기록자처럼 셔터를 눌렀다.

마지막으로 다이어리 속의 사진을 꺼냈다. 사진을 꺼내 하얀 리넨 테이블보 위에 펼쳐놓았다.

"누가 여울이 언니일까?"

세나가 사진을 들여다보며 물었다.

"공통으로 들어 있는 얼굴이 있겠지?"

엄마가 일어서 뒤꼍으로 향하며 던지듯 말했다. 엄마는 상자에 대한 것은 전적으로 세나와 나에게 맡긴다며 뒤꼍으로 사라졌다.

교복을 입은 모습도, 체험학습 가서 찍은 사복 입은 사진도 있다. 대부분 먼 거리에서 찍은 거라 얼굴을 자세히 알아보기란 힘들었다. 가지런히 두 발을 모으고 찍은 사진은 멀리서 찍혔어도 마루 위의 구두라는 걸 알아볼 수 있다. 교복 치마 아래, 마루 위의 가죽 구두가 단정히 신겨져 있는 게 보였다.

가죽 구두와 상자 주인은 같다.

세나와 나는 머리를 맞대고 조심스럽게 다이어리를 펼쳤다. 일기는 중학교 3학년 때부터 시작되었다.

　친구들은 변함이 없지만 선생님들 몇몇은 새로운 얼굴이다. 아이들은 교실만 바꾸어 옮겨온 거나 마찬가지이다.
　나는 새로 오신 국어 선생님이 좋다. 오늘 첫눈에 반해버렸다. 쌍꺼풀이 없는 눈은 날카로워 보였지만 웃을 때는 장난기가 넘쳤고 살짝 올라간 입꼬리는 무척 상냥한 인상을 풍겼다. 거기다 푸르스름한 턱수염은 왠지 슬퍼 보이기도 고독해 보이기도 따뜻해 보이기도 했다. 슬픔의 빛깔이 있다면 선생님 턱수염의 푸른 빛깔이 아닐까 한다.
　나에게 제일 처음 읽기를 시키는 바람에 얼굴이 붉게 달아올랐다. 버벅거리며 제대로 읽지 못한 것 같아 속상했다.
　나 다음에 소리 내어 읽은 무진이는 줄을 바꿔 읽을 때마다 읽은 거를 또 읽어서 아이들이 웃었다. 우리끼리는 다 아는 무진이의 오래된 병이다. 무진이는 부끄러움을 많이 탄다. 우리가 웃은 건 새로운 선생님께 무진이의 그런 모습을 보여주는 게 부끄러워서이다. 그럴 때마다 무진이는 얼굴이 벌겋게 달아올라 진땀을 뺐다. 무진이의 난독증은 중3이 되어도 변함없는데 새로운 선생님의 반응은 전혀 달랐다.

선생님은 아주 부드러운 목소리로 무진이에게 말했다.

"잠깐만, 줄의 맨 끝을 읽었으면 바로 아래로 눈이 내려와 그 줄을 따라 다시 왼쪽으로 가면 괜찮을 것 같은데, 다시 해볼까?"

무진이는 제 허벅지에 손을 문지르며 거의 울 것 같은 표정을 지었다. 제발 그만 시키라고 선생님께 애원하는 것 같았다.

"괜찮아, 그럴 수 있어. 그러고 싶어서 그러는 사람은 아무도 없어. 자, 다시 한번 해볼래?"

지시하거나 강요하는 말투가 아니었다. 상냥한 말끝은 솜사탕 같았다. 반 분위기가 저절로 부드럽게 바뀌는 것 같았다.

무진이는 책을 다시 읽었다. 무진이는 사람들 앞에 나서면 꼭 실수를 한다. 오른쪽 맨 마지막을 읽고 한참 뜸을 들인 뒤, 다시 읽자 신기하게도 줄 나눔 난독증이 사라졌다. 아이들은 또 그게 신기해서 웃었다.

그러자 국어샘은 검지로 자기 입을 누른 뒤 아주 사랑스러운 눈길로 무진이를 바라보며 말했다.

"와, 정말 잘했다. 나는 이렇게 빨리 고치는 사람은 처음 봤다. 얘들아, 박수 쳐주지 않을래?"

무진이는 칭찬을 들었는데도 얼굴이 벌겋게 달아올랐다.

부드러운 곡선의 기운이 무진이를 감싸주는 것 같았다. 나도 무진이를 마음속으로 늘 응원하지만 저렇게 힘을 주진 못했다. 그렇지만 나는 안다. 무진이가 얼마나 똑똑한지, 그리고 소리 내지 않고 얼마나 책을 잘 읽는지 그리고 얼마나 많이 읽는지를. 어쩌면 선생님은 무진이의 그런 점을 미리 알아봤는지도 모른다.

다음 국어 시간을 기다리게 될 것 같다.

저절로 입가에 웃음이 고였다. 세나와 나도 부드러운 곡선 안에 있는 것 같았다. 무진이 부분을 읽을 때 서로 쿡쿡 웃기도 했다. 앞에 나서서 읽을 때 이렇게 실수하는 경우가 종종 있어 정신을 똑바로 차리지 않으면 안 된다. 누구나 한 번쯤은 겪을 법한 이야기라 공감 백 배였다.

"무진이, 무진이……. 많이 들어본 이름이야."

세나가 고개를 들며 골똘히 되짚어보는 눈빛으로 말했다.

"왜, 아는 사람이야?"

"……."

"아, 여울이 언니가 이 동네 사람이니 무진이 오빠도 같은 동네이거나 이 근방에 살지 않았을까?"

내가 자연스럽게 여울이 언니, 또는 동네 오빠라는 말을 입에 올렸다. 마치 잘 아는 한 동네 사는 언니 오빠처럼 허물없이 말이다. 거기다 나도 여울 언니의 국어 선생님께 심쿵하고 말았다.

"아. 맞아, 맞아."

세나가 뭔가 생각난 듯 제 무릎을 치며 말했다.

"왜? 뭐, 뭐가?"

"아, 그래그래. 이 근방에서 유일하게 서울로 대학 간 오빠야."

"오올, 진짜?"

"응, 기억나. 그래서 유명해. 집안 형편이 좋지 않아 대학도 못 보내준다고 하는데 공부만 죽어라고 하던 오빠가 있었다고 했어. 공부하는 기계냐고 할 정도로 다른 데에는 전혀 관심 두지 않고 공부만 매달린 뒤 우리나라에서 제일 센 대학에 원서를 넣었는데 합격이 된 거야. 등록금을 마을에서 마련해줄 정도로 전설처럼 전해오는 분이야."

마치 우리 할아버지 세대로 돌아간 느낌이었다. 전설이라니. 전설로 남은 사내라니.

"그래서 어떻게 됐는데?"

"국가장학생으로 유학 갔다고 들었어. 지금쯤 우리가 교과서에서 볼 만한 훌륭한 자리에서 훌륭한 일을 하고 있지 않을까?"

"하하하."

세나와 내가 웃었다. 공연히 우리는 훌륭한 사람과는 거리가 멀 거란 생각이 들었는데 이렇게 가까이 있었다니, 그게 체감되지 않아 더욱 웃음이 났다. 난독증이 있던 사람이 그렇게 똑똑했다니, 우리도 희망을 가져도 될 것 같았다.

엄마가 여긴 아직 추우니 금사리 집으로 가라고 해도 세나와 나는 부득부득 하얀 리넨 테이블보가 깔려 있는 모과나무 아래서 상자 안의 물건들을 살폈다.

뒤이어 다음 장을 보기 위해 다시 다이어리를 집어 들 때였다.

"어머, 어머머, 세상에. 얘들아, 여기 봐봐."

뒤곁에서 다급한 엄마의 목소리가 들렸다. 가슴이 덜컥 내려앉았다. 후다닥 일어나 뛰어갔다. 꼭 무슨 일이 일어난 것처럼 놀란 목소리였다.

엄마는 나무 하나를 올려다보고 있다.

"왜? 뭐 때문에?"

내가 보호자처럼 엄마의 몸을 살피며 물었다.

"매화꽃이 피려나 봐."

"에이, 난 또 뭐라고. 놀랐잖아."

내가 김이 빠져 돌아서자 엄마가 내 손을 잡아끌며 매화나무 아래로 이끌었다.

"봐봐, 이렇게 깨끗한 백매라니."

"백매가 뭐야?"

"흰 꽃이 피는 매화나무."

엄마는 매화나무로부터 눈을 떼지 않고 말했다. 하얀 밥풀 같은 꽃봉오리가 연둣빛 꽃받침 위에 오롯했다. 매화나무 가지마다 동글동글 꽃눈이 부풀었다.

"곧 터질 것 같다. 이 집 사람들이 흰 꽃을 좋아했나 봐."

엄마는 나무를 심은 옛 주인의 손길을 떠올리듯 말했다.

"어느 게 또 흰 꽃이야?"

"바깥 수돗가에 배나무, 무너진 작은방 앞에는 별목련나무, 부엌 앞에 모과나무, 초봄부터 늦봄까지 흰 꽃이 연달아 피는 나무들이거든."

지금은 나뭇가지만 앙상한 나무들을 가리키며 연이어 말했다.

"너무 놀랍지 않니? 한달음에 봄의 여신이 달려와 마법을 부린 것 같지 않니?"

"아이고, 어무니, 제발."

세나가 엄마와 나를 물끄러미 바라보며 소리 없이 웃었다.

나는 꽃봉오리를 클로즈업해 찍었다. 꽃 사진은 엄마 이웃 블로거들이 정말 좋아한다. 카메라 렌즈로 들여다보니 진주 같은 흰 구슬이 연둣빛 꽃받침 속에 꽁꽁 여며져 있다. 내일이면 곧 터질 것처럼 빵빵하게 부풀어 오른 것도 있다. 시기를 달리해 연달아 필 수 있는 나무를 심을 정도로 흰 꽃을 좋아했다니. 나무를 처음 심은 사람들의 마음이 어떤 건지 헤아릴 길이 없었다.

매화나무는 동쪽에서 뜨는 해와 서쪽에서 지는 해를 모두 받는 위치에 있다. 해를 받는 방향과 위치까지 계산해서 심은 것이다. 흔히 나무를 심으면 집 안을 향해 심게 되는데 나무가 자랐을 때 그늘지는 것까지 계산하여 심은 것처럼 나무의 방향도 일정하다고 했다. 담장 밖과 마당 안에 골고루 그늘이 들게 심었다는 것이다.

"뭘 보고 알아?"

내가 엄마의 말에 의심스럽다는 듯 물었다.

"자, 봐봐, 단풍나무의 밑동은 한 갈래지만 바로 두 갈래로 갈라지잖아. 굵은 두 갈래가 뻗어간 방향이 마당과 담 밖으로 되어 있잖아. 저렇게 심으면 화단의 식물들도 햇볕을 덜 가리고 뜨거운 날이면 나무 그늘로 이용해도 마당에 넓게 그늘을 만들어 넉넉히 쓸 수 있거든. 봐봐, 저 소나무도 그렇고 단풍나무도 그렇고, 배롱나무도 다 같은 방향으로 있잖아."

엄마 말을 듣고 보니 정말 그랬다. 낮은 돌담 울타리 안에 심긴 했지만 돌담 너머와 마당 양쪽으로 가지를 뻗으며 자랐다. 만약 마당에서 집을 향해 나무를 심었다면 그늘은 울타리 쪽과 화단으로 지게 되어 마당에서 나무 그늘을 쓰기에는 비좁았을 것이고 그 아래 식물들도 그늘져 잘 자라지 못했을 것이다.

나무에 대한 엄마의 일장 연설을 듣고 세나와 나는 집 안의 나무들을 다시 보게 되었다.

"우리 집 마당의 나무들도 눈여겨봐야겠어요. 이제껏 한 번도 신경 써서 본 적이 없는 것 같아요. 늘 그냥 거기 있는 거니까, 무심히 지나다니기만 한 것 같아요."

세나가 엄마를 보며 말했다.

"세나야, 너는 완전 내 과인 거 같다. 우리 자주 보자."

엄마는 나보다 더 끈끈한 지원군을 얻은 것처럼 세나에게 말했다.

세나와 나는 시간 날 때마다 은사리 집 마당에서 여울 언니의 다이어리를 보기로 했다. 시간 순서대로 읽으며 여울 언니에게 무슨 일이 있었는지, 왜 그렇게 짧은 생을 살다 가야 했는지 알아보기로 했다. 일기장의 내용은 둘만의 비밀이다. 세나와 나는 그런 동맹 때문인지 며칠 새에 절친이 된 것 같았다. 비밀을 공유하는 것만큼 관계를 돈독하게 해주는 것도 없는 것 같았다.

해가 산등성이를 넘어가자 금세 어둑해졌다. 아직 전기가 연결되지 않아 은사리에 있는 오후 시간이 더욱 짧았다.

엄마가 폐가에서 오랜 시간 혼자 있는 것도 내키지 않는 일이다. 혼자 있다가 무슨 일이라도 생기면 안 된다고 반드시 같이 있으라고 아빠가 신신당부했다. 수리 과정이 좀 걸리더라도 아빠가 내려올 수 있는 주말이나 내가 함께할 수 있는 시간에만 은사리 집을 손보기로 했다. 수리 과정의 기록을 위해서라도 엄마와 나는 한 배를 타야 한다고 내가 강조했다. 엄마는 평일엔 서울에 있다가 주말에 내려와 나와 함께 은사리 집을 손보면 되겠다며 더 이상 고집부리지 않았다.

세나와 나도 시간을 두고 여울 언니의 다음 이야기를 만나기로 했다.

"비겁하게 먼저 보고 그러면 안 돼."

세나가 내게 당부하듯 말했다. 여울 언니와 무진 오빠, 국어 선생님의 다음 이야기가 몹시 궁금했지만 세 사람이 동시에 있을 때 열어보기로 한 약속을 지켜야 했다. 방과 후 시간 되는 날 혼자라도 은사리 집으로 달려가 다이어리를 열고 싶었지만 도저히 혼자서는 그 집에 갈 수 없었다. 아직 은사리 집은 내게 무섭고 두려운 공간이다.

주말 밤에는 그간 정리하지 못한 사진을 블로그에 올리며 일기를 쓰기로 했다. 블로그 정리도 브이로그도 주말에만 하기로 약속했다. 학교생활이나 공부에 지장을 주어서는 안 된다는 것이 엄마가 나를 끼워주는 조건이다. 브이로그는 'before/after'를 동영상에 담아 올려달라는 이웃 블로거의 강력한 요청으로 시작하게 되었다.

블로그에 '붉은 상자' 코너를 만들어 상자를 여는 장면부터 그 속의 물건들을 하나하나 찍어 올리며 사진 설명을 덧붙였다.

여기저기 푸른곰팡이가 핀 노란표지의 다이어리를 올렸다. 그 표지 위에는 검정색 글씨로 강여울이라는 이름이 흐릿하게 쓰여 있지만 번짐 처리했다. 그다음엔 피노키오 인형을 올렸다. 코가 몸에 비해 길게 솟아나온 피노키오 인형이다. 양 다리를 쭉 뻗고 주저앉은 채 낙망한 듯 머리가 한쪽으로 기운 피노키오 인형. 다른 물건에 눌린 탓인지 목이 기울어져 있어서 더욱 그런 느낌이 들었다. 팔다리가 제멋대로 움직이는 마디 인형이다. 사진 아래, '지금은 주인 잃은 피노키오 인형'이라고 썼다.

업로드하자마자 댓글이 올라왔다.

나무야나무야: 이거 고현 첫사랑 얘기랑 분위기가 너무 비슷한데요. 우연이겠죠?ㅎㅎ

연예계 소식을 다 꿰고 있는 이웃 블로거이다. 언젠가 한번은 은사리 집에 꼭 가고 싶다며, 새로운 글이 포스팅 될 때마다 응원 댓글을 빼놓지 않고 달아주는 분이다.

고현이라는 이름을 보는 순간 심장이 쿵 내려앉았다. 학교 중앙 현관, 자랑스러운 이다의 선배에 있던 고현의 얼굴이 또렷이 겹쳐왔다. 보이지 않던 끈이 순식간에 연결되는 느낌이 들었다. 내가 살고 있는 세계와는 동떨어진 연예인이 이다학교 출신이라는 것도 믿기지 않았는데 이렇게 가까이 연결될 수도 있다는 생각에 좀 묘했다. 심장이 걷잡을 수 없이 뛰며 입 안에 침이 마구 고였다.

고현의 프로필을 검색했다. 손끝이 파르르 떨렸다. 고향은 서울, 연기 전공으로 외국 유학까지 다녀왔다. 중앙 현관 고현의 사진 아래 쓰여 있던 '전학'이라는 두 글자가 떠올랐다. 아무리 기억해내려 해도 년도는 생각나지 않았다. 지금이라도 당장 학교로 달려가 사진 아래 년도를 확인하고 싶었다. 그 시점이 여울 언니와 같은 해라면 정말 여울 언니의 죽음과 관련이 있을지도 모른다는 생각이 들었다.

고현의 얼굴은 요즘 포털사이트 메인 화면에서 매일 본 듯했다. 토크쇼 영상의 짤이 메인에 올라올 만큼 인기몰이 중이다. 긴 무명을 견디고 떠오른 남자 고현, 마지막이라고 생각하며 출연하게 된 영화에서 씬 스틸러가 된 경위와 드라마 주인공이 되기까지 과정이 나왔다. 조회 수가 꽤 되었다. 이 영상만으로는 여울 언니와 연결할 어떤 것도 찾지 못했다.

내가 좋아하는 연예인은 따로 있다. 독특한 창법으로 마음을 일렁이게 하는 어느 밴드를 좋아한다. 그런데 요즘 활동을 하지 못한다. 멤버 중에 한 사람이 학교 폭력 가담자로 드러났기 때문이다. 달리기만 하면 될 것 같은 인기가도에서 갑작스럽게 자취를 감추게 된 과정을 따라가다 보면 앞일은 아무도 모른다는 말이 실감 났다. 보이지 않던 돌부리가 앞에서 일어나기도, 돌멩이가 뒤통수로 날아들기도 하는 게 인생이란 걸 보여주었다. 엄마는 안타까워하는 나를 보며, 살아온 시간에 대한 대가는 정직하게 돌아온다는 것을 보여주는 거라고 했다. 요즘은 모든 것이 필터링 되는 시대라고 할 만큼 투명 사회라고 하는데 그 말이 증명되는 케이스가 유명 셀럽들에게 많이 일어나는 거라고 했다. 결과만 중요한 것이 아니라 과정에 해당하는 지나온 시간에 대한 검증도 중요한 시대라고 했다.

피해자 입장에서 본다면 자기를 괴롭힌 사람이 아픔을 위로하는 노래를 부르며 TV에 버젓이 나오고, 그가 부르는 노래가 무차별적으로 귀에 들어온다면, 또 다른 지옥의 시작일 것이다.

한 번 덧씌운 나쁜 이미지는 벗기 어렵다는 것, 이미지가 지배하는 세상에서는 회복이 불가하다는 것을 밴드 멤버를 보며 알게 되었다.

고현의 첫사랑이라는 자막이 뜬 영상을 클릭했다. 심장은 걷잡을 수 없이 뛰고 손끝이 저릿했다. '비극적'이라는 자막이 자극적인 서체로 올라왔다. 나는 크게 심호흡을 했다. 뭔지 모르는 부당함이 알 수 없는 곳에서 끓어오르는 것 같았다. 누군가에게는 비극적인 것이 누군가에게는 호기심을 채우는 가십거리밖에 되지 않을 수도 있다는 사실에 화가 났다. 내 일이 아닌 것에 이런 감정이 생기는 것도 처음 있는 일이다. 그래서 슬픔의 무게는 언제나, 누구나, 상황에 따라서 다를 수 있다는 것을 생각했다. 어깨는 무겁다 못해 아프고 머릿속은 뭐가 뭔지 모르게 엉키는 것 같았지만 화면 속으로 빨려 들어갈 듯 눈과 귀를 기울였다.

고현은 이름도 예명으로 바꾸고 성형도 쿨하게 밝힐 정도로 자신감 있고 시원스러워 보였다. 솔직하고 자신감 넘치는 것이 요즘 연예계의 흐름에 딱 맞는 캐릭터이다. 겉부터 속까지 일치해야지만 사람들은 열광했다. 꾸밈없이 자신의 모습을 보여주며 내숭 떨지 않는 스타일이 인기가 좋았다. 인간적인 면을 보여주는 연예인을 좋아한다고 해야 하나? 그도 나와 다르지 않게 유약하고 지질한 면을 가지고 있는 한 인간이구나, 할 때 사람들은 친근감을 갖고 매력을 느끼는 것 같다.

출연진들의 공통 질문인 "첫사랑은 언제?"라는 질문에 고현은 적극적으로 대시했던 첫 번째 사랑 얘기 먼저 하겠다고 나섰다. 첫 번째라는 그의 솔직한 말에 출연진들도 환호하는 목소리로 박수 쳤다. 진행자는 예능을 아는 사람이라고 추커세웠다.

"내 사랑은 점점 자라난다며 피노키오 인형을 건넸죠. 피렌체에서 공수해온 인형이었어요. 코가 어느 정도 자라나온 독특한 목각 인형이었어요. 팔다리가 마리오네트처럼 덜렁거리는 마디 인형이었죠."

그러자 진행자가 사이다 발언을 했다.

"피노키오는 거짓말의 대명사이기도 하죠. 이중적인 뜻이 담긴 선물이 되지 않았을까요?"

그러자 고현은 호탕하게 웃으며 말했다.

"아, 하하하. 그럴지도 모르겠네요, 그런데 그때는 그런 것까지 생각할 만큼 이성적이지 않았어요. 고작 중3이었으니까요."

"그 첫사랑은 어떻게 됐습니까? 지금도 연락하고 계신가요?"

고현이 잠깐 멈칫하며 눈동자를 굴렸다. 그러더니 이내 표정을 풀며 대답했다.

"아니요, 첫사랑이 이루어지거나 이어지면 그게 어디 첫사랑일까요? 그녀는 먼 곳으로 떠났습니다."

"먼 곳? 그럼 어디 유학이라도 갔나요?"

"아뇨, 더 먼 곳이요."

고현의 목소리는 좀 전의 톤과는 다르게 가라앉았지만 주변 사람들의 반응을 살피는 걸 잊지 않았다.

"저런 어쩌다가. 제가 아픈 곳을……. 죄송합니다."

"아뇨, 다 지난 일인 걸요. 저도 그녀의 비극적인 소식은 그곳을 떠난 뒤에 들었거든요. 덕분에 어렸을 때 잠시 살았던 그곳에 다녀온 기분입니다. 그녀는 제게 그곳의 장소성과 동일하기도 하거든요. 그곳만 생각하면 가슴 한쪽이 아프기도 하고요."

지금은 그 시간으로부터 벗어나 있다는 듯 아주 홀가분한 목소리였다.

고현은 가슴 한쪽을 누르며 지그시 눈을 감았다. 죽음으로 끝난 첫사랑은 팬심을 더욱 자극하기에 충분했다. 그의 그런 모습이 뭇 여성 팬들의 모성 본능을 자극했다니. 여자 친구가 있는 것도 아니고 아름다운 첫사랑은 비극으로 끝났으니 팬심은 더더욱 자라날 수밖에 없는 배양 조건을 가지고 있는 모양이다. 팬들에게 고현은 마치 마음껏 사랑을 주어도 아깝지 않을 대상이 된 것 같았다.

중3, 전학생, 피노키오 마디 인형, 죽음.

헉, 이렇게 비슷해도 되는 거야? 정말 고현이 말한 첫사랑 상대가 여울 언니가 맞다면 무슨 일이 있었던 것일까. 한 사람은 죽고, 한 사람은 저렇게 화려하게 살아남아 그 시간을 추억하고 있는데.

당장 은사리 집으로 달려가 상자 속의 다이어리를 꺼내 읽고 싶었다. 다이어리 속에는 분명 그 시간들이 들어 있을 것이다. 침착하자, 침착하자. 걷잡을 수 없이 뛰는 심장 때문에 속이 메슥거릴 정도로 흥분되었다. 상대는 함부로 말을 하기엔 너무나 예민한 유명 연예인이다. 흥분하지 말자, 고현이 여울 언니와 관계된 사람인지 확인하는 게 우선이다.

머릿속을 가라앉히며 정리하려고 해도 불안한 예감을 잠재울 수 없었다. 고현이 나온 토크쇼 영상을 연이어 클릭해도 첫사랑 얘기는 더 이상 나오지 않았다.

블로그로 돌아와 코너마다 댓글을 확인했다. 신경은 벼려져 있는 칼날처럼 예민했다.

은사리 집 코너에도 댓글이 달렸다. 헉, 비밀 댓글이다. 클릭하는 손가락이 마구 떨렸다.

shoot: 어머, 이건 여울이네 집인데.ㅠㅠ

누구지? 이웃 블로거도 아니다. 해시태그를 따라 들어온 뒤 댓글을 단 것 같았다. 블로그에는 전혀 손대지 않은 은사리 집을 처음 모습 그대로 올렸다. 칙칙한 흑백 사진처럼 회색으로

일색인 모습이다. 나뭇가지로 얼키설키 얽혀 있기 때문에 제
대로 드러나지 않았는데도 이 집을 알아볼 정도면 여울 언니
와 꽤 가까운 사이인 것 같았다. 그런데 왜 비밀 댓글일까. 뭔
가 숨기고 싶은 게 있는 것일까.

일단 공개 댓글을 달아 인사를 건네야겠다. 아무렇지 않게,
아무것도 모르는 것처럼, 침착하게.

> **그물코**: 네, 안녕하세요? 여기는 은사리 맞습니다. 찾아주시고 댓글까지
> 남겨주셔서 감사드립니다. 앞으로 이 집이 수리되는 과정을 자세히 올
> 리겠습니다. 많은 응원 부탁드립니다.

블로그의 내 아이디는 '그물코'이다. 내 이름 벼리와 연관 지
어 중요한 일의 시작을 의미하는 한 개의 코(구멍)란 뜻으로 엄
마가 지어주었다.

대댓글을 기다려보기로 했다. 몸이 떨렸다. 저 먼 과거의 시
간에서 시작된 파동이 지금 여기에 다다른 것 같은 느낌이 들
었다. 주변이 뭔가 술렁술렁 움직이는 것 같았다. 무슨 일인가
서서히 일어나고 있는 거란 생각이 들었다. 문득 앞으로 펼쳐
질 시간이 두려워지기도 했다. 나도 모르게 큰 숨을 뱉어내며
긴장을 완화하려 애썼다. 그래도 심장은 좀처럼 안정되지 않

왔다.

잠이 오지 않았다. 당장이라도 은사리 집으로 달려가 여울 언니의 다이어리를 보고 비어 있는 퍼즐 조각을 찾아 맞춰보고 싶었다. 고현과 정말 관계가 있는 건지, 설마 고현으로 인해 무슨 일이 일어난 건지 궁금해서 견딜 수 없었다. 아침이 오기를 이렇게 애타게 기다려본 건 내 일생 중 처음이다. 은사리 집에 가려면 주말까지 기다려야 한다. 일주일이라는 시간이 까마득히 멀게만 느껴졌다.

학교에 가자마자 중앙 현관으로 달려가서 확인할 것이다. 년도만 확인해도 답이 나올 것이다.

세나는 쉬는 시간마다 책에 머리를 박고 엎드려 있다. 그래서 말을 붙이지 못했다. 나는 세나를 멀찍이서 바라보다 중앙 현관으로 향했다.

고현의 사진 아래 섰다. 보면 볼수록 잘생긴 얼굴이다. 무엇보다 눈빛이 강렬했다. 사진 아래 쓰여 있는 년도를 확인해보았다. 여울 언니 일기장에 쓰여 있는 년도랑 같다. 침이 꿀꺽하고 목울대를 타고 넘어갔다. 정말 관계가 있다는 말인가. 머릿속은 다시 상자 속 다이어리로 향했다. 일기장을 읽어보면 어지러이 널려 있는 퍼즐 조각이 맞춰질 것이다. 당분간 기숙사를 나갈 수 없으니 주말까지 기다려야 한다는 게 너무나 갑갑했다.

3학년 선배들이 졸업을 하고 어느 정도 시간이 지났지만 여전히 반 아이들과 세나는 겉돌았다. 그렇다고 크게 눈에 거슬리게 하는 일도 없었다. 서로 관심을 두지 않는 정도라고 해야 하나. 세나도 동네 아이들에게 냉정하게 대하려고 애쓰는 것 같았다. 마음을 읽을 줄 모르는 아이들에게 마음이 가지 않도록 애쓰는 게 무척 힘들다고 했다. 그래서 그런지 세나는 학교에서 내내 어두운 낯빛이다. 세나에게는 이 동네 아이들과 어울리는 것이, 나 같은 전학생이 대체할 수 없을 정도로 의미 있는 모양이라고 짐작만 할 뿐이다. 지난 주말 은사리에서 보았던 모습은 없다. 학교에서 세나는 나와 드러내놓고 알은체하지 않겠다고 했다. 당분간 티 내지 말자는 말을 하기도 했다. 자신으로 인해 내가 조금이라도 피해보는 일은 없어야 한다며.

그래서 은사리에 대한 얘기를 꺼내는 것도 쉽지 않았다. 고현에 대한 얘기도 아직 확실한 연결 지점을 찾지 못했기 때문에 섣불리 꺼낼 수 없었다.

금요일 오후에 엄마 아빠가 학교로 왔다. 나는 **빨랫감**을 챙겨 차에 실었다. 다들 기숙사를 나가느라 어수선했다. 엄마는 해가 아직 남아 있으니 잠깐만이라도 은사리 집에 들르자고 했다. 귀가 번쩍 뜨였다. 엄마도 내내 마음이 은사리 집으로 향했던 모양이다. 드디어 은사리에 가는 날이다. 여울 언니의 노란색 다이어리가 떠올라 마음이 달아올랐다.

오늘은 아빠도 함께하니 든든했다. 아직 원시림 같은 상태는 벗어나지 못했지만 이번 주말 아빠의 손길이 미치면 달라질 것이다. 세나는 오늘도 머리가 아프다며 금사리 집으로 먼저 가버렸다. 혼자서는 다이어리를 읽지 않기로 했지만 그럴 수 없다. 당장 확인할 게 한두 가지가 아니다. 나는 상자에 손을 대고 싶어 조급증이 일 정도였다.

아빠는 이번에 마당 안을 정리하기로 했다. 날이 더워지고 풀이 무성해지기 전에 정리하는 게 쉬울 거라고 지나가는 동네 사람들마다 한마디씩 보탰다. 무너진 지붕을 수리하기 위해서는 목재가 들어와야 하기 때문에 길을 내는 게 먼저였다.

마른 풀 아래로 연둣빛이 조금씩 움트는 게 보였다. 곧 봄이 시작될 것이다. 엄마는 그 이전에 크게 집을 어지럽히는 것들을 정리하고 싶어 했다. 그래야 이 집의 본모습에 가깝게 그려보며 복원할 수 있으리란 생각이 들어서이다. 엄마는 자르면 안 되는 나무에는 노란색 리본을 달아놓았다. 마당 안에 들어서자 노랑 리본이 어서 오라고 손짓하는 것처럼 나풀거렸다. 마루 위에 오롯하게 빛나되 침묵하고 있는 듯한 붉은 무늬 상자와는 대조적으로 보였다.

마당을 지키는 병사처럼 도열해 있던 나무를 잘라내는 소리가 들렸다. 이제 집의 모습이 전면에 드러날 것이다.

상자 안에서 다이어리를 꺼냈다. 심장이 또 걷잡을 수 없이 뛰었다. 말없이 마당을 손보고 있는 엄마 아빠에게 내 심장 소리가 들릴 것 같아 잰걸음으로 뒤꼍 너럭바위로 향했다. 너럭바위는 온종일 햇볕을 받아 데워놓은 것처럼 따뜻했다.

심호흡을 하는 것처럼 큰 숨을 몰아쉰 다음, 다이어리를 펼쳤다.

학교만 가까워져도 가슴이 두근거렸다. 저 멀리 교문 앞에서 등교 지도를 하는 국어 선생님 때문이다. 어째서 국어샘이 하필 생활지도부장이 되었을까. 아무리 생각해도 어울리지 않았다. 아마도 맡을 사람이 없기 때문에 선생님이 나선 건지도 모르겠다. 지난번 교무실에 갔을 때, 서로 생활지도부장을 맡지 않겠다고 선생님들이 사양하고 권하는 소리로 시끄러운 걸 들은 적이 있다.

국어샘은 생활지도부장으로 교문 앞에서 등교 지도를 해도 크게 지적하는 게 없다. 상냥하게 아이들을 호명하며 "누구야, 안녕?" 이러는 게 다였다. 아이들 하나하나 바라보는 눈빛 속에는 따스함과 장난스러움과 예리함이 담겨 있다. 국어샘이 생활지도를 맡고 나서는 교복 치마를 입고 토끼뜀을 뛰는 일도, 남자아이들이 귀밑머리를 꼬집힐 일도 없었다. 국어샘은 아예 지적질하는 가르침대를 갖고 있지 않았다.

국어샘은 학년별로 생활지도부원을 뽑았다. 당연히 말발도 세고 씩씩한 아이들을 뽑을 줄 알았는데 그렇지 않았다. 3학년에서는 나와 무진이를 뽑았다.

"뽑힌 것이 아니라 도와줄 사람을 찾은 거야."

국어샘은 그렇게 부드러운 목소리로 말했다. 외려 무진이와 나한테 잘 부탁한다는 말투였다.

나는 흔쾌히 고개를 끄덕였다. 무진이도 마찬가지이다. 나와 무진이는 거의 생활지도에 걸릴 일을 하지 않을 거란 생각에서 그러신 것 같다.

그런데 나는 겁이 났다. 생활지도에 걸린 아이들에게 지적질할 만큼의 깡 같은 건 없다. 그건 무진이도 마찬가지이다. 가장 기가 약한 아이들을 생활지도부원으로 뽑은 것 같다. 그래서 걱정이다.

생활지도선생님과 생활지도부원이라는 단어에서 공연히 심장이 쿵쾅댔다. 과연 여울 언니와 무진 오빠가 그 역할을 잘해낼까 싶었다. 여기서부터 뭔가 단추가 잘못 꿰어진 건 아닐까. 다이어리는 중간중간에 뜯겨나간 곳이 많았다. 숨기고 싶은 것? 없애버리고 싶은 것? 기억하고 싶지 않은 것? 거기에는 어떤 일들이 적혀 있었을까.

별다른 내용 없이 그냥 메모처럼 몇 단어만 나열한 뒤 넘어 간 날도 많았다.

전학생이 왔다.

날짜를 확인했다. 중앙 현관 고현의 사진 아래 적혀 있던 날 짜와 일치했다.

그다음에는 한참 동안 일기를 쓰지 않은 듯했다. 아니, 뜯겨 져 나갔다. 전학생이 왔다는 문장에서 팽팽한 긴장감이 느껴 졌다. 잔잔한 호수에 큰 돌덩이를 던졌을 때의 파문이 머릿속 에서 맴돌았다.

전학생은 처음부터 눈에 띄었다. 전 학교의 교복을 입었기도 했지만 전학생의 분위기와 태도는 어디서든 튀었다. 바지통을 줄여 쫄바지 형태의 교복 바지를 입은 것도 우리 학교에서는 볼 수 없는 스타일이다. 거기다 슬리퍼를 신고 등교했다.

"슬러퍼는 안 돼."

내가 교문으로 막 들어서는 전학생에게 말했다.

"왜 안 되는데?"

완전 시비조로 물었다. 눈빛이 강렬해서 마주 보기가 힘들었 다. 한 번도 고분고분한 적이 없을 것 같은 눈빛이다. 나는 거의 기어 들어가는 목소리로 말했다.

"규칙이야……?"

"아, 그래?"

전학생은 비웃는 듯한 얼굴로 차갑게 나를 훑었다.

"난, 규칙 같은 거 잘 안 지켜. 규칙은 지키라고 있는 게 아니라 어기라고 있는 거거든."

전학생은 나에게 노골적으로 얼굴을 들이밀며 말했다. 전학생의 입김이 내 볼에 닿을 것만 같았다. 나는 뒤로 물러서며 떨리는 목소리였지만 또박또박 말했다.

"어쨌든 난 알려줬어. 세 번 경고부터는 벌점에 들어갈 거야."

주번 수첩에 메모했다. '슬리퍼 착용 안 됨, 경고 1회'라고.

전학생은 내 손에 있던 수첩을 거칠게 낚아챘다. 갑작스러운 일이라 무척 놀랐다. 심장이 사정없이 쿵쾅거렸다.

"뭐라고 쓰는 거야? 씨발."

나는 온몸이 떨렸다. 선생님은 반드시 고지 먼저 하라고 했다. 그리고 삼진아웃제를 쓰자고 했다. 세 번 이상 고지했는데도 시정하지 않으면 그때 벌점을 주자고 했다. 이것도 새로운 생활부장인 국어샘이 아이들 입장을 배려한 지도 방법이었다.

전학생은 나를 빤히 쳐다보며 말했다.

"여기 이렇게 적히면 어떻게 되는데?"

수첩을 번쩍 치켜들고 한 대 칠 기세로 다가왔다. 나는 숨이 넘어갈 것처럼 무서워 그 자리에서 몸을 웅크렸다.

무진이가 달려와 설명했다.

"세 번 적히면 그다음엔 벌점이야. 벌점은 성적에도 반영돼."

무진이를 잡아먹을 듯이 쳐다보는 전학생의 눈은 더 살벌하게 변했다.

"반영하든 말든 씨발, 너한테 안 물었거든?"

무진이도 뒤로 주춤 물러섰다. 나는 뒤로 물러설 수도 없을 만큼 얼어 있었다.

"이런 촌구석에서도 나를 관리하네, 오나가나 씨발."

전학생은 수첩을 운동장에 내던진 뒤 교실로 향했다.

전학생 부분을 읽을 때 나도 심장이 벌렁거렸다. 조용한 시골 학교에 빌런이 나타났다. 무진 오빠와 여울 언니는 대적할 어떤 무기도 갖고 있지 않았다. 지금 내 눈앞에 일어나는 일만 같아 숨이 찰 정도로 긴장되었다. 다이어리를 덮고 숨을 돌리기 위해 하늘을 올려다보았다. 잿빛 구름이 재빠르게 흘러 해를 가렸다. 바람이 축축했다.

엄마가 삭을 대로 삭은 가구를 들어내려다가 급한 목소리로 나를 불렀다. 가구를 들어내기 전과 후를 사진으로 남겨야 하기 때문이다. 그 바람에 다이어리를 내려놓고 달려갔다. 변동 사항이 생길 때마다 언제든 부르라고 했기 때문에 두말없이

124 붉은 무늬 상자

달려가야 한다. 엄마는 철저하게 그 룰을 지켰다.

날은 아까보다 더욱 흐려졌다. 빛이 들지 않아 사진이 제대로 나올지 모르겠다. 방 안은 더욱 어두웠다. 습기와 곰팡이로 가구의 뒤쪽은 거의 삭아 내렸다. 가구가 빠지자 방은 제법 널찍했다. 마루 길이만 한 넓은 방이 나타났다.

가구와 벽 사이에서 눌어붙은 사진 한 장이 나왔다. 엄마가 사진 위 묵은 먼지를 닦아냈다. 대문 너머로 별목련꽃이 흐드러지게 피어 있고 그 앞에 네 명의 가족이 서 있다. 서로의 어깨를 보듬어 안은 모습이지만 얼굴은 뭉개져 흐릿했다. 엄마와 내가 건초더미를 들어내고 셀카를 찍었던 장소와 같았다. 목련꽃은 마치 함박눈처럼 사진 뒤 배경을 환하게 해주었다. 지붕 위에만 눈이 내리는 것처럼 온통 새하얗다. 어느 해 4월 이었을 것이다.

어느 날 갑자기 일상이 중단된 데에는 여울 언니의 죽음과 맞닿아 있을 것이다. 여울 언니의 엄마와 아빠는 지금 어떤 생을 살고 있을까. 그리고 친오빠는? 지금 살아 있기는 한 걸까? 온갖 곰팡이와 묵은 먼지가 이들의 얼굴을 덮었듯 이들의 생도 그러지 않았을까.

엄마는 지난번에 발견한 액자 앞에 꽂아주자며 손수건으로 사진을 감쌌다. 그들과 함께 있어야 할 사진이었다. 아마도 빈자리가 없어 임시로 액자 바깥에 끼워놓았을 것이고 액자가 떨어질 때 사진도 빠져나왔을 거라고 했다.

　날이 저물자 공기가 더욱 선득했다. 어둠은 더욱 빨리 찾아들었다. 엄마는 바람 속에서 비 냄새가 난다고 했다. 산등성이에 먹구름이 두껍게 깔렸다. 엄마와 아빠는 어둑한 빛에 도구를 정리하며 비가 쳐들어오기 전에 얼른 철수하자고 했다. 나도 상자 안에 다이어리를 넣은 다음 비가 들이치지 않게 마루 깊숙이 들여놓았다.

　주말인 내일 일찌감치 오기로 했다.

　세나에게 톡을 했다.

　-미안, 먼저 다이어리를 보았어.
　새로운 인물이 나타났어.
　내일 은사리 집으로 올래?

　세나는 톡을 보지 않았다. 핸드폰도 꺼져 있다. 세나에게 무슨 일이 일어난 건 아닐까. 왜 전화기가 꺼져 있을까. 기숙사를 나오던 날 어두워진 세나의 낯빛을 보았는데도 묻지 않았다. 머리가 아파서 그런 모양이라고 무심히 넘겨버렸다.

　블로그에 오늘 찍은 사진을 올렸다. 안방에 있던 낡은 서랍장, 거기서 나온 가족사진. 사진의 얼굴 부분은 번짐 처리하였다. 폐가가 된 은사리 집을 알아보았다면 여울 언니가 신고 있던 구두도 알아볼 것이다. 가족사진 속 여울 언니는 가죽 구두를 신고 두 발을 나란히 모았다. 흰 국화꽃이 놓여 있는 가죽 구두와 상자의 사진도 올렸다. 사실 오늘 포스팅은 블로그에 비밀 댓글을 단 뒤 침묵하고 있는 'shoot'에게 보내는 메시지이기도 하다. shoot은 이후 어떤 댓글도 달지 않았다.

아침 일찍 눈이 떠졌다. 먼저 창밖을 살폈다. 비가 오면 작업을 할 수 없으니 은사리에 가지 않을 수도 있어서 몸이 달았다. 밤새 내린 비 때문인지 안개가 자욱했다. 다행히 비는 멎었다.

엄마 아빠와 함께 은사리 집으로 향했다. 집 앞 저수지 위에는 물안개가 똬리를 풀 듯 서리서리 피어올랐다. 그 안개를 머금은 습한 바람이 마을 쪽으로 불어오는 게 보였다.

저만치 자전거를 타고 안개 속으로 빨려 들어가는 듯한 까만 형체가 보였다. 이 시간에 자전거를 타는 아이는 동민이밖에 없다. 나는 황급히 아빠 차에서 내렸다. 동민이라면 세나의 안부를 알 수도 있을 것이다.

"야, 조동민!"

동민이가 자전거를 세운 뒤 돌아보았다.

"어디 가?"

"학원, 왜?"

동민이는 아침 일찍 학원 가는 게 억울해 죽겠다는 표정으로 답했다.

"혹시 세나 연락받은 거 없어?"

뭔가 필요할 때만 동민에게 말을 거는 것 같아 좀 미안했지만 어쩔 수 없다. 그래도 한 동네에 사는 유일한 아이가 동민이다. 동민이도 세나에게 호감을 갖고 있는 아이 중 하나이다. 안 그런 척 하지만 동민이의 눈길이 세나에게 머무는 걸 자주 보았다.

"아니. 없는데? 세나는 왜?"

동민이는 애써 아무렇지 않은 척 대답했다.

"연락이 안 돼서. 전화기도 꺼져 있고."

동민이는 고개를 숙이고 자전거 바퀴를 툭툭 차다가 뭔가 결심한 듯 말했다.

"세, 세나네 집 같이 가볼래?"

"아, 그 방법도 있네, 그러자."

왜 꼭 전화 연락만 생각했는지 모르겠다. 집을 정확히 알지 못하지만 동민이가 있으니 괜찮았다.

"아이, 아아냐, 그러다 괜히 나만 터질 수도 있어."

동민이 얼굴이 순식간에 어두워졌다.

"그게 무슨 말이야?"

"아냐, 세나도 별로 좋아하지 않을 거야. 걔는 나한테 관심

없는데, 뭐."

동민이는 점점 풀이 죽은 목소리로 말했다.

"그래도 넌 세나 좋아하잖아."

"야, 누가 그래애?"

동민이는 갑자기 소리를 팩 질렀다.

동민이는 자전거 페달을 밟고 엉덩이를 치커세우며 안개 속
으로 사라졌다. 동민이가 저렇게 몸을 사리는 건 세나 말대로
회장 선배를 의식하기 때문일 것이다. 남자아이들에게 가장
무서운 선배는 한 학년 위라고 한다. 봐주는 게 없단다. 더군
다나 한 동네에 산다면 졸업을 했다고 하더라도 크게 달라질
게 없다. 선배와 엮여 있는 세나를 상대로 뭔가 표현한다는 것
은 위험을 감수해야 하는 일일 것이다. 나는 동민이가 안개 속
으로 사라져 까만 점이 될 때까지 바라보았다.

안개로 잠긴 은사리 집은 더욱 기괴해 보였다. 소복을 입고
칼을 입에 문 귀신이 나온다고 해도 하나 이상할 것 같지 않은
분위기이다. 주변을 에워싼 키 큰 나무들 때문에 더욱 원시적
으로 보였다. 집과 돌담, 나무는 까만 형체로 드러났다 사라지
고, 비어 있는 공간은 바람 따라 하얗게 일렁였다. 바람이 불
때마다 형체가 사라졌다 나타나는 모습이 시시각각 달랐다.

마당으로 들어서자 어느 정도 가지치기가 되어 있어 길이
보였다. 더 이상 몸을 작게 만들어 나뭇가지 사이를 지나가지

않아도 될 만큼 아빠가 길을 내놓았다.

별목련나무의 꽃눈은 조금 더 부풀어 올랐고, 더욱 붉어진 단풍나무의 줄기 끝에는 이슬방울이 말갛게 맺혀 있다. 모과나무 둥치는 푸르스름한 빛을 더해가고 마당 수돗가 배나무도 어제와 다르게 꽃눈이 부풀었다. 나무와 나무 사이, 하늘과 지붕 사이는 누르면 쑥 들어갈 것 같은 안개로 자욱했다. 나무들이 숨을 쉬며 뿜어내는 기운이 하얗게 피어오르는 것 같았다.

상자 안에서 다이어리를 꺼내려다가 통째로 들고 뒤꼍 너럭바위로 향했다. 그런 나를 엄마 아빠가 지긋한 눈길로 바라보았다. 그런 뒤 베어낸 나뭇가지를 정리하고 두껍게 쌓인 낙엽을 긁어내었다. 엄마가 뒤꼍 너럭바위에 파라솔을 펴놓고 의자를 놓았다. 거기서 점심을 먹기도, 엄마가 허리를 펴며 차를 마시기도 할 것이다. 엄마, 아빠가 새삼 고마웠다. 나의 안락한 의자와 파라솔이 되어준 것 같아서.

무진이가 요 며칠 학교에 오지 않았다. 아프다고 했다. 무진이를 잡아먹을 듯이 바라보던 전학생 얼굴이 떠올랐다. 겁먹은 무진이의 커져버린 눈과 함께.

그 아이를 교문에서 처음 본 날부터 느낌이 좋지 않았다. 전학교에서 사고를 치고 전학을 왔다고 했다. 무슨 사고인지 아는 아이들은 없다. 국어샘은 알고 있을 것이다. 다른 분은 몰라도 생활지도부장은 알아야 할 테니까. 그렇지만 국어샘은 절대로 이야기해주지 않을 것이다. 그건 그 아이의 인권이라고 생각하실 테니까.

국어샘이 교무실로 불러 경고를 하며 일일이 학교 규칙을 알려줬음에도 불구하고 전학생은 교문에 들어서는 순간부터 하루의 일과를 위반으로 시작했다. 슬리퍼를 신고 온다든가, 아직 교복을 구하지 못했다는 핑계로 사복을 오랫동안 입고 온다든가. 침을 뱉는다든가, 심지어 담배를 피우다 걸리기도 했다.

나와 무진이는 그런 걸 기록하여 국어샘에게 전달해야 하는 생활지도 부원이다. 등교 지도가 끝난 시간이면 무진과 나는 국어샘과 기록을 공유하고 아이들 상황을 설명하며 회의하는 시간이 잦았다. 아이들 눈에 생활지도부원은 지적질과 고자질을 일삼는 눈엣가시 같은 존재였을 것이다. 생활지도부원을 하는 동안 내내 마음이 불편했다. 나와 무진이는 친구들을 매일매일 적으로 만드는 일을 하는 것 같았다. 국어샘은 왜 나와 무진이를 생활지도부원으로 뽑았을까. 그게 아직도 풀리지 않는다.

전학생은 국어샘께 불려가는 날이 잦았다. 누구에게든 고분고분한 적이 없는 것처럼 굴었다. 누구의 말이든 대개는 창밖을 보며 건성으로 답했다.

"네, 그러죠. 해볼게요. 그렇지만 아주 믿지는 마시고요."

전학생의 시건방에 예의 운운하며 제지하는 사람은 아무도

없었다. 국어샘은 절대 흥분하는 법 없이 조목조목 근거를 들어
벌점을 주었다.

어느 날부터인가 전학생은 내 책상 위에 선물 상자를 놓았다.
도무지 이해할 수 없는 행동이었다. 선물 상자를 보는 순간 소
름이 돋았다. 뜯지 않고 전학생의 책상 위에 그대로 갖다놓았
다. 그때부터일 것이다. 전학생은 학교가 끝나는 시간에 나를
기다린 후 집까지 따라왔다.

무서웠다. 왜 따라오냐고 물어도 그냥 웃기만 했다. 전학생이
웃는 건 더 소름이 끼쳤다. 그런 전학생을 쏘아본 뒤 달렸다.

"니가 날 무시하잖아, 씨발!"

뛰어가는 내 뒤통수에 전학생의 목소리가 날카롭게 날아들
었다. 나는 그 자리에 멈춰 섰다. 여기서 한 발짝만 내디뎌도 더
심한 욕설이 날아들 것 같았다. 내가 왜 저 아이한테 욕을 먹어
야 하지, 하는 생각이 들었다.

"무슨 소리야?"

"꼭 욕을 먹어야 대꾸를 하지."

"내가 언제?"

"봐, 사람을 사람으로 안 여기잖아."

전학생은 선물 상자를 내 발치에 던졌다. 따라오던 무진이가
선물 상자를 주웠다.

"넌, 뭔데 끼냐? 매번 재수 없게."

전학생은 무진이의 어깨를 치며 따졌다.

"안 받겠다잖아."

무진이는 떨리는 목소리로 말하며 다시 선물 상자를 전학생에게 내밀었다. 그러자 전학생이 무진이를 거칠게 밀쳤다. 무진이가 풀숲으로 넘어졌다. 발목을 다쳤는지 무진이가 절뚝거리며 일어나 소리쳤다.

"나, 여울이랑 사귀어."

나는 무진이가 무슨 소리를 하나 싶었다. 좋아한다는 것도 아니고 사귄다고?

무진이와 나는 내년이면 도시의 같은 고등학교에 가자고 약속했지만 사귀거나 그런 건 아니다.

우리 학교 아이들을 촌것들이라고 대놓고 무시하는 그 아이는 무진이의 말에 눈빛이 돌변했다.

"촌놈이 깝칠 줄도 아냐? 거짓말했다간 죽을 줄 알아."

전학생의 눈빛이 뱀처럼 차갑게 빛났다.

일기를 읽는 내내 전학생 때문에 나도 움츠러들었다. 어디선가 나타나 차갑게 웃으며 "네까짓 게 뭘 할 수 있을 것 같아?" 하고 비웃을 것 같았다. 지금의 고현 배우와 같은 사람이라는 게 도저히 믿어지지 않았다. 이렇게 증거까지 눈앞에 있는데도. 상자 속의 피노키오 인형을 너럭바위에 꺼내보았다.

그러니까 피노키오 인형은 일방적인 선물 공세 중 하나일 것이다. 그렇다면 간직한 것이 아니라 어떤 표식으로 남겨놓은 것이라는 생각이 들었다. 피노키오 인형의 모습은 고현이 말한 그대로였다. 마디 인형에 코가 두 갈래로 기이하게 자라나왔다. 한 가지 특이한 점이 있다면 목 부분에 끈이 동여매 있는 것이다. 인형의 목이 기운 건, 잡아 뜯은 다음 끈으로 다시 묶어놓았기 때문이다. 뒷덜미로 길게 늘인 끈을 들어보았다. 목매달은 형상이 되어 고개가 아래로 축 처졌다.

아빠가 마당 한가운데에 자란 덩치 큰 나무를 베어낸 뒤 사진을 찍으라고 불렀다. 몇 번이나 불렀다고 하는데 나는 전혀 듣지 못했다. 돌담 주위도 손볼 테니 찍어둘 것이 있으면 미리 찍어놓으라고 했다.

블로그 '은사리 집' 코너에는 은사리 전경과 폐가의 모습을 구석구석 담기로 했다. 시시각각 변하는 사계절의 모습은 물론 이 집이 어떻게 변해가는지 before/after 형식을 취하기로 했기 때문에 세세하게 찍지 않으면 자칫 필요한 장면이 사라질 수도 있어서 무척이나 신경 쓰며 정리했다. before의 모습은 두 번 다시 보여줄 수 없는 것이기에 철저히 사진으로 기록하지 않으면 안 된다.

무너진 담벼락을 찍을 때 손이 마구 떨렸다. 여울 언니가 살던 그때 그곳에 내가 들어가 있는 기분이었다. 그다음 이야기

를 읽기가 겁이 났다. 세나가 있었으면 좋겠다. 아니, 세나가
이 이야기를 꼭 봐야 할 것 같았다. 지금 세나의 이야기와 십
수 년 전 여울 언니의 일기에서 묘한 기시감이 느껴졌다.

사진 찍는 것에 정성을 담을 수가 없었다. 마음이 급해졌다.
나는 다시 다이어리를 펼쳐들었다.

전학생이 무진이와 나의 관계를 물었다. 내가 그냥 친구라고
대답하면 무진이가 곤란해질 것이다. 무진이는 나를 위해 나서
준 건데.

"응, 사귀어."

나는 전학생의 눈을 피하며 답했다.

"거짓말하지 마라. 거짓말은 거짓말을 낳지, 거기다 점점 자
라나기도 하거든."

전학생은 나를 코너로 몰아세운 뒤 내 뺨에 입김을 세차게 불
었다. 내 한쪽 어깨를 담벼락에 꽉 눌러 붙여서 나는 꼼짝할 수
없었다. 으스러질 것처럼 아팠다. 무엇보다 전학생의 입김이 그
다음엔 어디로 갈지 그게 두려워 숨이 막혔다.

그 이후일 것이다. 이상한 소문이 돌기 시작한 게.

소문은 무진과 나, 나와 국어샘에 대한 이야기로 가득했다.
안 그래도 생활지도부장 샘과 지도부원은 아이들에게 비호감
인데 기름을 부은 격이 되었다. 불길이 번지듯 삽시간에 말이

퍼졌다. 남자 화장실의 낙서와 떠도는 얘기를 무진에게서 들었다. 무진이도 끙끙 앓다가 겨우겨우 돌려 말하는 것 같았다. 무진에게 그 말을 들었을 때 하늘이 기우뚱 한쪽으로 기우는 것 같았다. 휘청거리는 나를 무진이가 부축하려고 손을 내밀 때 나는 벌레라도 털어내듯 한 발짝 물러섰다.

"네가 그 말을 해서 그래."

나는 무진이의 손을 떨쳐내며 차갑게 뱉었다.

"무, 무슨 말?"

무진이는 하얗게 질린 얼굴로 되물었다.

"네가 전학생한테 한 말."

"설마, 그, 그게 왜?"

"나한테도 확인했거든, 너랑 사귀냐고."

말을 할수록 숨이 쉬어지지 않았고 어지러웠다. 나는 비틀거리며 어느 한 곳을 뚫어져라 바라보며 걸음을 옮겼다. 무진이가 부축하며 물었다.

"어딜 가려고?"

"비켜, 잡지 마."

휘청거리며 계단참을 기듯 올라서 남자 화장실로 향했다. 그 실체를 확인해야 할 것만 같았다.

무진이가 양팔을 벌리고 내 앞을 막아섰다.

"니가 뭔데? 왜에에에?"

내가 무진이에게 악을 쓰며 소리쳤다.

무진이는 말없이 고개만 양옆으로 저었다. 무진이의 눈빛을 읽을 수 있었다. 가면 안 된다고. 점점 숨이 가빠왔다. 가슴을 쥐어뜯고 싶을 만큼 숨이 쉬어지지 않았다. 나는 무진이를 밀치다 그 자리에 쓰러졌다.

눈을 떴을 때는 양호실 하얀 천장이 빙글빙글 돌고 있었다.

사람들에게 낙서를 한 사람이 누군지는 중요하지 않았다. 낙서의 내용이 문제였다. 그 말은 내 목을 조르는 밧줄이 되었다.

마치 내 목에 굵은 밧줄이 감긴 것처럼 숨이 막혀 다이어리를 덮었다. 남자 화장실 벽에는 도대체 어떤 낙서가 쓰여 있는 것일까.

다이어리 위로 빗방울이 떨어졌다. 하늘을 올려다보았다. 빗방울이 사선을 그었다. 비를 머금은 찬바람이 불었다. 장독대에도 너럭바위에도 까만 점이 찍히는 것처럼 빗방울이 굵었다. 바람 때문에 비는 파라솔 아래로 비껴들었다. 황급히 처마 밑으로 피했지만 아직 전기가 들어오지 않은 집 안은 어두컴컴했다. 아직 봄비라기보다 써늘한 겨울비에 가까웠다. 팝콘처럼 하얗게 꽃봉오리를 터트리던 백매화도 비에 젖어 고개를 떨궜다. 처마 밑에도 빗방울이 들이쳤다. 상자가 젖을세라 다이어리를 집어넣은 뒤 마루 안쪽으로 밀어놓았다.

비가 쳐들어온다 해도 상자는 비에 젖으면 안 된다. 더 이상 땅속에 묻혀 있거나 비에 젖어 사라지면 안 되는 이야기가 있기 때문이다.

주말 내내 다이어리에 대한 생각 때문에 세나를 까맣게 잊었다. 금사리에 가서 세나네 집이 어디냐고 물어보면 되는데 나는 온통 여울 언니 생각뿐이었다. 나는 블로그에 더 이상 포스팅도 브이로그도 올리지 않았다. 머리가, 마음이 무거워서 아무것도 할 수 없었다.

그때 shoot이 떠올랐다. 왜 아무 댓글도 달지 않는 것일까. 마냥 기다릴 수는 없다는 생각이 들었다. shoot은 자신의 어떤 메시지도 공개되는 것을 싫어하는 것 같았다. shoot에게 다이렉트 메시지를 보내보기로 했다.

그물코: 안녕하세요? 은사리 집 블로그를 운영하고 있는 김벼리입니다. 이다중학교 3학년입니다. 혹시 이 집에 살았던 여울 언니를 알고 계신가요?

세나는 오늘 학교에 나오지 않았다.

방과 후에 외출증을 끊고 세나네 집으로 향했다. 주말 내내 카톡을 해도 읽지 않았다. 전화기를 아예 꺼놓은 지 꽤 된 것 같았다. 나는 마음이 조급해졌다. 도대체 무슨 일일까. 그간 무슨 일이라도 있었던 건 아닐까. 불안한 마음이 점점 커져 머뭇거릴 수 없었다.

세나네 집은 금사리 정자목에서 두 번째 골목, 막다른 곳에 있다고 했다.

세나네 집은 아무도 없는 것처럼 너무나 조용했다. 작은 화단이 양옆 담벼락에 붙어 있고 마당에는 징검다리 같은 디딤돌이 현관까지 나 있다.

"세나야."

방문 사이로 부스스한 세나의 얼굴이 보였다. 얼굴이 좀 부어 있다.

"아픈 거야?"

세나는 내 눈을 피하며 자꾸만 고개를 숙였다.

"무슨 일이야?"

"많이 자서 그래. 몸살이 난 것 같아. 근육이 다 아파."

"전화기는 왜 꺼놓고."

내가 타박을 하듯 말하면서 세나의 얼굴을 살폈다. 며칠 새 세나는 먼 데 딴 세상에 가 있는 얼굴을 하고 있다.

"무슨 일 있구나."

세나의 눈시울이 발갛게 달아올랐다. 금방이라도 울음을 터트릴 것 같았는데 다시 눈물을 집어넣듯 머리채를 흔들며 고개를 뒤로 젖혔다.

"뭔데?"

나는 다그치듯 세나의 팔을 흔들며 물었다.

"선배한테 계속 연락이 온다고 했었지?"

학교를 졸업했어도 한 동네에 살면 그것도 아무 소용이 없는 거라고 하던 말이 생각났다.

"응, 무시한다며."

"그게, 쉽지만은 않았어. 좀 무섭기도 하고."

세나가 이불을 그러잡으며 말을 이었다.

"이번엔 끝내고 싶었어. 갑자기 그런 마음이 왜 생겼는지 모르겠어. 너한테는 말하고 싶었는데."

난 그날 은사리에 가고 싶어서 아무것도 보이지 않을 정도로 안달이 나 있었다.

"근데?"

"다시 사귀자는 거야. 그러면서 강제로 입을 맞추려고……."

"미친, 그래서?"

"얼굴을 두 손으로 확 밀친다는 게 할퀴어버렸어. 그랬더니 발길질을 하더라."

"진짜? 생각보다 저질이네."

"그동안 등신처럼 당하고만 있었다는 생각이 들어 화가 나 죽겠는데, 두 번 다시 당하고 싶지 않았어. 아니 화가 끓어올랐어. 이번엔 나도 똑같이 해주려고 맞섰어. 맞고 쓰러지고 그러다 일어서서 나도 때리고. 그냥 눈 감고 막 덤볐어. 개한테는 개로 맞서야 되는 거잖아. 호신술을 쓴다는 게 그만 중요 부위를 찼나 봐. 아무 소리도 못하고 고꾸라지길래, 거기다 대고 소리쳤어. 우습게 보지 말라고. 한 번만 더 질척거리면 그 때는 너네 엄마, 아빠한테 찾아가 네가 얼마나 양아치인지 낱낱이 알려줄 거라고."

세나가 다시 보였다. 이렇게 대차다니. 나 같으면 상상도 못 할 일이다. 그런 위기 속에서 이렇게 당당하게 살아 나오다니. 나도 모르게 침을 꿀꺽 삼키며 세나의 몸을 살폈다. 특별히 상처가 난 곳은 없는데 온몸이 다 아픈 것처럼 움직일 때마다 얼굴을 찡그렸다.

"자고 나면 괜찮을 줄 알았는데 온몸이 다 충격을 받은 모양이야. 오늘은 진짜 아파서 학교를 못 간 거야. 여기저기 다 알이 배긴 것 같아. 어찌나 힘을 주며 난리를 쳤는지 팔이 안 굽혀져 수저도 못 들겠어."

웃어야 할지 울어야 할지 모르겠다. 한편으로는 속이 시원했다. 또 한편으로는 세나가 더욱 대단해 보였다. 세나와 나는 방과 후 스포츠로 합기도를 배운다. 호신술을 가르쳐준다는 말 때문에 솔깃해서 듣게 되었다. 몇 번 배우지도 않은 터였다. 그걸 이렇게 써먹을 줄이야.

"그 상황에서 어떻게 맞설 생각을 했어? 대단하다."

"선배가 졸업을 하고도 연락을 해오는 게 걸렸어. 내가 계속 연락을 씹는 것도 걸리고. 태규처럼 장난감이 되고 싶지는 않았어. 말이든 뭐든 나를 갖고 노는 걸 더 이상 내버려두지 않을 거야."

세나의 앙다문 입술에서 굳은 의지가 보였다.

"무섭지 않았어?"

"무서워 죽는 줄. 어금니에서 딱딱 소리가 날 정도로 얼마나 떨었는지. 그래서 지금 몸이 이 모양이잖아."

세나가 희미하게 웃었다. 세나 방에는 밥상이 그대로 차려져 있다.

"웃음이 나오네, 그래도. 내가 밥 먹여줄까?"

내가 밥상을 잡아당겼다.

"나중에. 배도 안 고파."

"가만히 있겠어? 또 그러면 어떻게 해?"

나는 겁부터 났다. 분명 가만있지는 않을 거란 생각이 들었다.

"내가 경고했잖아. 그때는 우리 오빠한테도 엄마한테도 다 말할 거야. 내가 이 동네를 떠나는 일이 생기더라도. 선배네 부모한테도 찾아갈 거야. 증거 있냐고?"

세나는 책상 서랍 안에서 노란 봉투를 꺼냈다. USB가 들어 있다.

"이거야. 이 안에 다 있어. 여울 언니 상자를 본 뒤 준비한 거야."

그동안 선배한테 온 메시지를 캡처한 것부터 태규를 울리던 장면까지 사진과 메모로 꽤나 자세하게 기록해놓았다고 했다. 세나에게 용기를 준 것은 여울 언니가 만들어놓은 붉은 무늬 상자였다. 세나가 상자 속 물건들을 한참 동안 꼼꼼히 바라보던 게 생각났다.

"전화기는 어디 있어?"

나는 세나가 덮고 있던 이불을 들추며 물었다.

"어디 있을 거야. 그 자식한테 또 연락이 올까 봐 꺼버렸어."

"켜보자."

나는 그 선배가 어떻게 나올지 그게 제일 걸렸다.

세나가 휴대폰을 찾아 전원을 켰다. 내가 걸었던 여러 통의 부재중 전화가 뜨고 내가 보낸 카톡 메시지만 들어와 있다. 마음이 놓였다. 세나도 한시름 놓는 눈치였다.

"쫄았나? 세나 네가 경고한 게 먹힌 건가?"

세나는 말없이 고개를 끄덕였다. 내가 USB가 든 노란 봉투를 흔들며 물었다.

"이 사실도 알아? 태규를 놀리던 사진이 있다는 거 말이야."

"응, 증거 사진도 있다고 했어."

세나는 눈빛을 반짝이며 다시 한번 입을 앙다물었다.

"조용한 이유가 있는 거네."

"저도 생각이라는 게 있다면."

내가 만약 세나였다면 이렇게 당차게 대처할 수 있었을까 싶었다.

한참 동안 말없이 세나를 바라보다 말했다.

"네가 여울 언니 다이어리를 꼭 봐야 해. 아니, 읽어줘야 해."

"벌써 봤구나?"

세나는 약간 실망하는 눈빛이었지만 궁금해 죽겠다는 표정이었다.

"나는 분명 카톡 보냈다."

내가 세나의 전화기를 흔들어 보이며 말했다.

"뭐래? 정말 무슨 일이 있었던 거야?"

세나가 다그쳐 물었다.

"오늘 너희 집으로 가져오려고 했는데 혼자서는 은사리 집에 들어가는 게 아직은 그래. 사실은 여울 언니의 다이어리를 보는데 네가 너무 걱정되었어."

"왜? 무슨 일이야? 여울 언니가 죽은 이유라도 나왔어? 근데 왜 내가, 내가 걱정 돼?"

세나가 숨도 쉬지 않고 연달아 물었다. 내가 고개를 저었다.

"몰라, 겁나서 못 읽을 것 같아."

내가 무거운 마음을 세나에게 기대듯 말했다.

"가자."

세나가 이불을 털고 일어나다가 푹 주저앉았다. 그런 다음 아랫입술을 깨물며 미간을 찌푸렸다.

"내일 가자. 아직은 잘 걷지도 못하는 것 같은데."

"아냐, 갈 수 있어."

세나가 끙 소리를 내며 다시 일어섰다.

아직 해가 남아 있어서 지금 은사리 집으로 들어가도 괜찮을 것 같았다. 그렇지만 바로 나와야 한다. 해는 금방 산 너머로 떨어질 것이다.

"움직여야 근육이 빨리 풀릴 것 같기도 해."

세나가 아랫입술을 깨물며 걸음을 뗐다. 세나와 나는 금사리 정자목을 지나 은사리로 향했다.

말끔하게 정리된 마당을 보고 세나가 놀라워했다. 마당은 처음 정원수로 심었던 나무들만 빼놓고 정리된 상태였다. 그간 엄마의 손톱이 닳도록 묵은 것들을 들어내고 쓸어낸 덕분이다. 아빠는 장비 기사를 불러 쓰러진 기둥을 빼낸 뒤 교체했다. 집이 서서히 기지개를 켜는 것처럼 일어서기 시작했다. 그럼에도 불구하고 혼자서는 여전히 집에 들어서기가 겁났는데 세나와 함께하니 그나마 힘이 났다.

방 안 깊숙이 오후의 햇살이 들어가 있다. 마루 안쪽에 있는 상자 위로도 햇빛이 사선을 그었다. 마루 위에는 나뭇가지 그늘이 바람을 타며 움직였다. 이번엔 햇살과 바람만이 걸음걸이를 옮겨가며 이 집을 지키고 있다는 생각이 들었다.

세나와 나는 다이어리를 들고 금사리 집으로 향했다.

남학생은 모두 낙서를 보았을 것이다. 나는 남자 화장실에 가지 않았다. 차마 확인할 수 없었다. 그게 내가 견딜 수 있는 최선의 방법이었다.

무진이도 보기 싫었다. 다 싫었다. 국어샘과는 눈이라도 마주치면 소문이 더욱 기이하게 자라날 것 같아 일부러 피해 다녔다. 국어샘도 그런 나를 모른 척했다. 아니 고통스러워하는 것 같았다. 선생님의 턱수염은 푸르스름한 것을 지나 어느 순간 거무튀튀하게 초췌해 보였다. 선생님도 떠도는 이야기를 알고 있는 듯했다. 그 지저분하고 구역질나는 얘기를.

교실 책상 위에도 낙서가 있다. 나와 무진, 국어샘 이름을 칼로 새겨놓은 뒤 삼각구도 안에 하트를 그려놓았다. 지울 수도 없었다. 장난이라고 하기에는 너무 노골적이었다. 숨이 막혔다.

아이들 사이에 화장실 낙서를 누가, 왜 했느냐로 시끄러웠다. 아이들은 낙서의 범인이 누구인지 이미 알고 있는 듯했다. 낙서의 범인을 찾는 건 그 말의 생명력을 더욱 드세게 만드는 것 같았다. 그건 더욱 견딜 수 없는 일이었다. 나는 이 모든 게 싫었다. 빨리 파묻히길 바랐지만 말은 불쑥불쑥 땅속을 헤집고 살아 나왔다.

학교 측에서 아이들 장난에 불과한 일이니 크게 문제 삼을 건 없다는 식으로 나오자, 국어샘은 학교 폭력 위원회에 정식으로 문제를 제기하겠다고 했다. 어떻게 그게 장난이냐고, 물리적으로 주먹을 써야지만 폭력이냐고, 국어샘의 고성이 교장실에서 흘러나왔다.

범인을 색출하는 건 국어샘이 맡지 않았다. 3학년 부장샘이 전학생을 교무실로 불렀다.

"지저분하게도 논다."

"뭘요?"

전학생은 말도 안 되는 혐의를 자신에게 둔다는 식으로 대꾸했다.

"너, 무슨 근거로 그따위 낙서를 하냐?"

"뭘요?"

전학생은 같은 말만 반복했다. 무슨 말인지 전혀 모르겠다는 식이다.

"네가 낙서하는 걸 봤다는 애가 있어."

"제가요? 무슨 낙서를요? 누가요?"

전학생은 낯빛 하나 바꾸지 않고 말했다. 너무나 천연덕스러웠다.

"하아, 이 새끼가 생각보다 악질이네, 참내."

부장샘은 기가 차다는 듯이 참내만 연발했다.

국어샘은 그런 전학생을 옆자리에서 차갑게 웃으며 지켜보았다.

"누군데요? 봤다는 새끼가."

"이 새끼가 진짜, 악질 중 최고 악질이네. 왜, 누군지 알면?"

부장샘이 흥분하며 소리를 높였다.

"……"

"사람이 왜 사람인 줄 아냐? 사람과 괴물의 차이가 뭔지 아냐고?"

부장샘이 끓어오르는 화를 누르며 다그치듯 말했다.

"……"

그러거나 말거나 전학생은 설교 같은 건 듣기 싫다는 듯 고개를 외로 틀었다.

"입장을 바꿔놓고 생각할 줄 모르면 그게 괴물이지."

"후우."

전학생은 지루하다는 듯 긴 숨을 뱉었다.

전학생과 부장샘의 신경전을 지켜보던 국어샘이 차갑게 웃으며 자리에서 일어났다. 그런 뒤 전학생에게 다가갔다. 순식간에 전학생의 뺨을 올려붙였다. 전학생의 고개가 획 돌아갈 정도로 거셌다. 전학생이 뺨을 부여잡고 고개를 들며 말했다.

"하하, 시발, 어디 더 쳐보시죠."

국어샘이 말없이 다시 뺨을 때렸다. 조곤조곤 죄의 항목을 묻듯 때리고 또 때렸다. 선생님들이 몰려들어 국어샘을 제지했다.

"참으세요, 참으세요. 선생님, 이러시면 안 돼요."

전학생의 양 볼이 벌겋게 부어올랐다.

전학생의 아버지가 학교에 오던 날, 학교에는 비상이 걸렸다. 낙서는 이미 문제가 아니었다. 교사의 폭력이 문제였다. 사건이 전도되는 시간은 아주 빨랐다.

거금의 발전 기금을 냈던 전학생의 아버지는 극진한 대접을 받으며 교장실에서 차를 마시고 그 자리에 국어샘이 불려갔다. 어떻게 교사가 학생에게 이런 폭력을 가할 수 있냐며 국어샘 앞에서 교장샘을 먼저 닦아세웠다. 얼굴이 벌겋게 부어오른 전학생의 사진을 들이밀며 따졌다. 아이가 주먹을 휘두른 것도 아니고 그까짓 낙서 하나 가지고 이렇게 만드냐며 국어샘을 닦달했다. 그리고 우리 애가 한 짓이라는 명확한 증거가 있냐고 을러댔다. 전학생은 끝까지 잡아뗀 모양이다. 낙서하는 것을 본 증인이 있다고 하자 삼자대면시키라고 했다. 국어샘과 부장샘이 그것은 절대 안 된다고 하자 그럼 증인도 인정할 수 없다고 큰소리쳤다.

낙서로 인해 떠도는 말은 내가 감당할 수 있는 것이 아니다.

국어샘이 내 팬티에 구멍을 냈고, 수시로 나를 불러 나의 그

곳을 만졌다는 이야기를 사람의 목소리를 통해서 들은 건 여자 화장실 안에서였다. 심장이 걷잡을 수 없이 뛰어 속이 매슥거렸다. 둘 이상이 모이면 다 내 얘기를 하는 것 같았다. 그 낙서를 직접 본 것보다 더한 수치심이 밀려왔다. 빛이 서서히 사라지며 눈앞이 까매졌다. 번연히 눈을 뜨고 있는데도 아무것도 보이지 않았다. 한참 동안 시력이 돌아오지 않아 더듬거리며 화장실 문을 잡고 일어섰지만 문을 열고 나갈 수 없었다. 한 발짝도 앞으로 디딜 수 없었다. 떠도는 말이 날아들어 온몸을 난도질하는 것 같았다. 종소리가 울리자 아이들은 썰물처럼 화장실을 빠져나갔다. 아무도 없는 화장실에 아이들이 뱉은 수많은 말들이 나를 에워싸며 공격해오기 시작했다. 생목이 올라 입 안이 시큼했다. 토했다. 목이 아플 정도로 토해도 토해도 토사물이 올라왔다. 무서웠다. 도저히 교실에 들어갈 수 없었다. 아이들이 너무 무서웠다.

차라리 못 들었다면, 몰랐다면 그리고 국어샘이 전근을 가는 결정을 하지 않았더라면 그리고 전학생이 다시 전학을 가지 않았더라면 어땠을까. 뭔가 원상 복구할 수 있는 시간이 있었을까. 선생님은 그렇지 않다고, 선생님은 내 몸에 털끝 하나 손대지 않았다고 말하면 믿어줄까.

나는 교실로 돌아가지 않고 집으로 돌아와 내 방에 나를 가두었다.

그만 다이어리를 덮었다. 숨이 막혀 더 이상 읽을 수 없었다. 그다음에 어떤 일이 벌어졌을지 떠오르자 심장이 오그라드는 것처럼 통증이 일었다.

세나가 두 무릎 사이에 얼굴을 묻고 울었다.

"그러니까 말이 죽인 거야. 결국 말 때문에 죽은 거야."

세나가 부들부들 떨며 혼잣말처럼 뇌까렸다. 세나는 힘주어 내 손을 잡으며 말했다.

"누구야? 범인은 전학생 맞지?"

눈가에 눈물이 묻은 채로 세나가 물었다. 손이 차가웠고 식은땀으로 축축했다. 내가 세나의 손을 꼭 잡으며 말했다.

"아직 확실치 않아. 일기 속에서 전학생이 계속 부인했잖아."

"그럼 어떻게 해야 돼?"

"어떻게든 알아내야지. 필요하다면 그 당시 낙서하는 걸 봤다는 증인을 찾아내서라도."

나는 목소리에 힘을 주며 말했다. 한 사람을 죽음으로 몬 것에 대한 책임은 반드시 물어야 한다는 생각이 들었다.

"뭐라고? 어떻게 찾아? 그게 지금 가능해?"

세나가 흔들리는 눈빛으로 물었다.

shoot이 여울 언니를 조금이라도 생각하는 사람이라면 분명 내막을 알려줄 수 있을 것이다. 그 증인이 누구인지도 알

려줄 수 있을 것이다. shoot에게 다이렉트 메시지를 보냈다고
세나에게 말했다.

　정황으로 봤을 때 그 전학생이 배우 고현인 것 같다고 말하
자 세나는 더욱 놀라워했다.

　"우리 학교 현관에 붙어 있는 그 배우 고현? 정말? 진짜? 세
상에, 확실해?"

　세나가 도저히 못 믿겠다는 듯 물었다.

　"그것도 shoot이 확실히 대답해줄 수 있을 거야. 증인도 필
요하지만 증거도 필요해."

　"증거?"

　"응, 증거. 그때도 아니라고 잡아뗐는데 지금은 공소시효도
지났으니 더 확실한 증거가 필요하지 않겠어?"

　말을 마친 후 입을 앙다물며 세나를 바라보았다.

　세나가 일기장을 집어 들고 말했다.

　"이만한 증거가 또 어디 있어? 당한 사람이 이렇게 세세하
게 기록해놨잖아."

　세나는 당장이라도 터트리자며 흥분했다.

　"감정적으로만 가서는 안 될 것 같아. 우리가 단단히 마음먹
어야 해. 좀 더 명확한 증거가 필요해. 우리가 힘을 내기 위해
서라도."

　"뭐가 그렇게 복잡해. 고현은 공인이잖아. 터트리면 되지.

추락시키면 되지."

세나는 곧바로 뭔가 할 것처럼 분노에 차 있다. 당황스러웠다. 혹여 준비가 덜 된 상태에서 일이 벌어진다면 연예인 하나 추락시키는 것에 그칠 수도 있다는 생각이 들었다.

"여울 언니."

내가 세나의 손을 잡으며 낮은 목소리로 말했다.

"여울 언니, 뭐?"

세나가 큰 눈을 더욱 크게 뜨며 물었다.

"어느 게 진짜 여울 언니를 위한 것일까 생각해보자고."

내가 세나의 양손을 부여잡고 말했다. 눈물이 맺혀 있는 세나의 긴 속눈썹이 파르르 떨렸다.

"고현의 추락이 목적이 아니라 여울 언니가 받아야 할 사과가 목적이라고."

내가 또박또박 힘주어 말하자, 세나는 무슨 말인지 모르겠다는 식으로 다시 물었다.

"여울 언니가 어떻게 사과를 받아? 이미 죽고 없는데?"

"그러니까, 사과를 받게 해야지, 더더욱. 한 사람을 죽음으로 몬 것에 대한 책임은 져야지. 토크쇼에 나와서 떠드는 것 봤잖아, 아름다운 추억처럼 말하는 거."

"나는 네가 무슨 말을 하는지 모르겠어. 추락시키면 그게 책임 아니야?"

"어째서 그게 책임이야. 그렇게 되면 자기도 피해자라고 할 수 있는 여지를 열어놓는 거라고 생각해."

"그, 그런 거야? 그래서 어떻게 하자고?"

세나가 조금 진정된 듯 가라앉은 목소리로 물었다.

"시간을 갖고, 고현을 추락시키는 것 그 이상을 생각해야 해."

이런 말을 나누는 것조차도 너무 힘들었다. 두 손이 발발 떨렸다. 분명 옳은 일을 하는 건데도 왜 이리 떨리고 무서운지 모르겠다. 이런 배짱으로 무엇을 할 수 있을까. 걱정이 앞섰다. 과연 내가 생각한 대로 잘해낼 수 있을까, 앞으로 펼쳐질 시간이 너무나 두려웠다. 칠흑 같은 어둠 속을 헤매는 것처럼 막막하기만 했다.

세나와 나는 한동안 말을 하지 않고 생각에 잠겼다. 내가 간간이 깊은 숨을 몰아쉬자, 세나가 물끄러미 나를 바라보았다. 세나는 아까보다 많이 진정된 듯 보였다. 세나는 내 양손을 부여잡으며 말했다.

"벼리야, 걱정하지 마, 넌 할 수 있어."

"……."

나는 말없이 고개를 주억거렸지만 두려움은 하나도 줄지 않았다.

"그리고 네가 나를 보며 뭘 걱정했는지 알아."

세나는 뭔가 중요한 말을 할 것처럼 내 눈을 지그시 바라보았다.

"응?"

"난 여울 언니처럼 되지 않아, 절 대 로."

세나가 내 눈을 보고 맹세하듯 야무진 목소리로 말했다. 한 자 한 자 또박또박.

그간 내 마음을 다 읽고 있었다는 듯 한참 동안 말없이 나를 바라보았다. 속에서 울컥 뜨거운 것이 올라왔다.

"이러고 있을 때가 아니야. 이제야 뭘 해야 할지 좀 정리됐어."

세나는 뭔가 결심한 듯 눈두덩을 꾹꾹 누른 뒤 눈빛을 반짝였다.

"벼리야, 넌 너의 할 일을 해. 나는 나의 할 일을 해야겠어."

용기

이번 주부터 월요일마다 자리를 바꾸기로 했다. 같이 앉고 싶은 사람과 앉을 수 있도록 일주일에 한 번 자리를 바꿀 수 있는 날이다. 태규 옆에는 항상 아무도 앉지 않았다. 나는 세나와 함께 앉기로 했다. 세나는 월요일 아침 일찌감치 태규 자리까지 맡아놓고 자리를 잡았다. 태규 옆자리도 이미 정해놓았다. 태규에 대한 세나의 태도가 바뀐 건 더 이상 겁먹지 않기로 했기 때문이다. 태규를 괴롭히지 말라고 용기를 냈던 그때의 자신을 다시 되찾는 게 자기에게 내준 숙제라고 했다. 그간 외톨이가 된 자신 때문에 태규와도 거리를 두었는데 그게 답이 아니라는 생각이 든다고 했다.

"용기 내지 않으면 아무것도 나아지지 않을 거란 생각이 들어서. 벼리 네 덕분이야."

여울 언니의 다이어리를 읽고 세나가 했던 말이다.

태규가 느린 몸짓으로 뒷문을 열고 들어섰다. 태규 자리는 교실 뒤쪽 출입구 옆이다. 그래서 태규는 항상 문 닫는 역할을 했다. 아이들이 다 들어오면 태규는 기계처럼 일어나 문을 닫는다.

"태규야아."

세나가 태규의 이름을 부르며 오라고 손짓했다. 세나의 목소리는 며칠 전과 다르다. 아니 달라졌다. 아이들의 시선이 쏠렸다. '무슨 일이지?' 하는 반응이다. 태규는 세나가 부르는 소리를 듣고도 못 들은 척했다. 두 눈을 끔뻑이며 늘 그렇듯 뒷문 옆 지정석에 앉았다.

세나가 다시 나섰다.

"야, 윤태규. 여기 네 자리 있다고."

세나가 부르자, 싫지만은 않은 표정이다. 태규는 세나가 그간 쌀쌀맞게 굴었지만 자기편이라고 믿었다. 일부러 거리를 두는 거라고 생각했다. 세나에 대한 나쁜 얘기가 떠돌 때마다 태규가 세나에게 몹시 미안해했고 그런 말을 하는 아이들을 싫어했다. 그런 아이들 앞에서 태규는 양쪽 귀에 손을 대고 소리를 지르며 말을 못 하도록 방해했다. 그래서 아이들에게 맞을 때도 종종 있다. 그럴 때마다 아이들은 또 세나와 태규를 엮어 말을 만들었다. 간밤에 세나와 무슨 일 있는 거 아니냐고. 그럴 때마다 세나는 이어폰을 꽂고 못 들은 척했다.

태규는 고개를 저었다. 세나 옆으로 가지 않겠다는 뜻이다. 아이들의 반응이 어떨지 뻔하기 때문이다. 태규는 아무것도 모르는 것 같았지만 다 알고 있다.

세나가 태규의 자리로 가서 가방을 챙겼다. 그러자 태규는 가방을 잡고 늘어지며 고개를 저었다.

"괜찮아, 벼리도 있어."

태규가 세나 옆으로 고개를 삐죽 내밀며 나를 바라보았다. 태규가 어깨를 들썩이며 한숨을 쉰 뒤 말을 뱉었다.

"별루야."

"그렇지 않아."

세나가 불안해하는 태규를 다독이듯 말했다.

태규와 짝이 될까 봐 조마조마했던 전학 첫날이 생각났다. 태규 옆자리만 비어 있어서 그리로 배정되면 어쩌나 했는데 영락없이 태규 옆자리에 앉으라고 했다. 내가 태규 자리로 향할 때 아이들은 키득댔다. 나는 무슨 일인지 읽어낼 수 없어서 당황스러웠지만 태규가 이 반에서 기름처럼 섞여들지 않는다는 것은 알 수 있었다. 내가 불편한 내색을 숨기지 않자, 태규도 제 책상을 조금 떨어뜨렸다. 나는 다음 날, 담임을 찾아가 자리를 바꿔달라고 했다. 그걸 태규가 모를 리 없다. 나는 태규와 앉아 있는 하루 동안 한 마디도 하지 않았다. 태규도 그런 나와 말을 나누고 싶어 하지 않았다.

태규는 내키지 않는 표정으로 못 이기는 척 세나의 손에 끌려왔다. 그것을 본 아이들이 또 한 마디씩 했다.

"올, 이제부터 본격적으로?"

"왜들 저래?"

"평강 공주와 바보 온달 납신다."

세나는 아무 흔들림 없이 자리에 앉았다. 이제부터 달라질 거라고 말하던 세나의 눈빛이 생각났다. 떠도는 말에 지지 않으려면 어떻게 해야 할지 몰랐는데 이제 갈 바를 알겠다고 했다. 내가 세나의 말끝에 잘못한 것이 아니라면 숨을 필요도, 피할 필요도 없다고 덧붙였다.

내가 아토피로 힘들었던 얘기 끝에 내린 결론이었다. 몸이 아픈 것보다 아이들의 시선이 더 아팠다. 아이들의 반응에 예민할수록 더욱 가려웠고 목덜미에는 피딱지가 앉기 일쑤였다. 매일 아침 눈을 뜰 때마다 또 그런 시선을 견뎌야 하는 하루가 시작됐다는 게 암담하기만 했다. 그 자리에서 녹아 사라지고 싶었다. 그러다 문득, 몸이 이런 것도 힘든데 그런 것까지 감당해야 하나, 하는 생각이 들었다. 그 이후 아이들의 반응에 예민하지 않으려고 애썼다. 언제부터인가 이게 내 잘못도 아니고 그러고 싶어서 그런 것도 아니고 그냥 그야말로 운이 나빠 그런 건데, 문제가 될 건 아니라는 생각이 들었다. 말 끝에 세나 너도 옳은 일을 한 것 아니냐고 목소리를 높였다. 그러자, 세나의 눈에 눈물이 핑 돌았다.

세나는 태규로 인해 시작된 일, 태규와 함께 풀어가면 될 것 같다고 했다. 이제는 피하지 않겠다고 했다.

"벼리 너도 있잖아."

세나는 내 손을 꽉 잡으며 말했다. 세나의 손아귀 힘에서 굳은 결심이 느껴졌다.

이제부터 태규와 모둠 활동도 같이 하고 급식도 같이 먹기로 했다. 누군가 태규를 놀리거나 무시하면 반드시 그 이상의 행동을 하지 못하도록 제지하기로 했다. 물리적 행사는 하지 못할지라도 말이든 뭐든 불쾌하다는 표현은 주저 없이 하기로 했다. 너의 그런 행동이 태규는 물론 나도 불편하게 만든다는 의사 표시를 확실히 하기로 말이다. 그게 세나와 내가 할 수 있는 첫 번째 일이다. 잘될지는 확신할 수 없다. 그렇지만 시도해봐야지만 그다음 걸음도 뗄 수 있다. 나는 좀 더 뻔뻔스러울 정도의 태연함을 기르기로 했다. 어떤 일에도 어떠한 말에도 휘둘리지 않으려면 지금보다 더 뻔뻔스러움의 힘을 길러야한다. 내가 하는 일이 부끄럽지 않은 일이라면 주변의 반응이 어떻든 태연하게 해나갈 수 있는 게 진짜 용기라는 생각이 들었다.

태규는 왜 이러나 싶은지 어안이 벙벙한 채 세나 앞자리에 앉았다.

태규에게도 곧 짝이 생길 것이다. 동민이다. 이번엔 내가 태연하게 동민이를 불렀다. 동민이는 아무 소리도 못 하고 태규 옆으로 오게 되어 있다. 엊그제 우연찮게 일어난 일 때문이다. 그래서 동민이도 자신 있게 부를 수 있는 것이다.

"조동민."

동민이는 못 들은 척했다. 이마와 턱에 거즈를 붙이고 한쪽 팔에 깁스를 한 동민이를 내가 다시 불렀다. 이번에도 세나가 동민의 자리로 가더니 가방을 들어주며 등을 떠밀다시피 했다. 동민이는 내키지 않는 걸음으로 태규 옆자리에 앉았다.

태규는 동민의 눈치를 슬금슬금 보더니 책상을 밀며 멀찌감치 떨어졌다. 그런 태규를 동민이는 멀뚱히 바라보며 뭔가 체념한 듯한 표정을 지었다.

지난 주말, 은사리 폐가에서 세나와 걸어 나오다가 수로 옆을 지나는데 끙끙대는 소리를 들었다. 수로는 인근 논에 물을 대기 위해 인공적으로 파놓은 좁은 물길이다. 어디선가 들려오는 소리에 세나와 나는 등골이 오싹해져 뛰다시피 달아났다.

"분명 사람 소리 같아."

세나가 뛰다 말고 나를 잡아 세우며 말한 뒤 돌아보았다. 수로 너머 마른 논바닥에 자전거 한 대가 내동댕이쳐져 있었다.

세나와 나는 자전거가 있는 곳으로 되돌아갔다. 어찌나 손을 꼭 잡았는지 서로의 손바닥에 땀이 배어났다. 심장이 멎을 것처럼 오싹했다. 자전거 근처에 다다르기 전 다시 신음이 들렸다. 분명 사람 소리였다. 마른 풀이 사자 갈기처럼 덮여 있어서 수로 안이 보이지 않았다. 시멘트 경계석이 마른 풀숲 사이로 간간이 보여 그나마 수로라는 것을 알 수 있을 정도로 풀이 우거진 곳이다. 세나가 나뭇가지를 주워 마른 풀숲을 헤쳤다. 그때 불쑥 손이 튀어 올라와 나뭇가지를 움켜잡았다.

"엄마야아!"

나는 메뚜기처럼 튀어 달아났다. 세나는 나뭇가지를 놓지 않은 채 그 자리에 털썩 주저앉았다. 도망치듯 그 자리를 벗어난 게 세나에게 좀 미안했다. 슬금슬금 다시 세나에게로 향했다.

"도, 동민이니?"

세나가 수로에 대고 말했다. 동민이라니.

"야, 너 왜 거기 있어?"

세나가 풀숲을 헤치자 동민이가 좁은 수로 안에 몸이 낀 채 누워 있는 게 보였다. 이마와 턱에서 피가 많이 났다.

"어떻게 좀 해줘. 왼팔이 너무 아파. 힘을 줄 수가 없어."

세나와 나는 수로로 내려가 동민이를 일으켜 세웠다. 수로에 물이 말라 있어서 그나마 다행이었다. 농한기여서 물을 대지 않아 그나마 동민이가 견딜 수 있었는지도 모르겠다.

"어떻게 된 거야?"

세나가 동민이를 일으키며 말했다. 정신이라도 있는 게 다행이라는 생각이 들었다.

내리막길에서 자전거 브레이크에 이상이 생긴 걸 알았다는 것이다. 학원 앞에 세워놓았는데 누군가 손을 댄 것 같다고 했다. 새 자전거의 브레이크 줄이 끊어지다니. 걷잡을 수 없이 가속도가 붙고 바퀴에 뭔가 걸리는 순간, 몸이 붕 떴다는 것이다. 잠시 기절한 것도 같단다. 정신이 들었을 때는 몸을 비비적댈 수 없을 정도로 안 아픈 곳이 없었다. 되짚어 생각하니 풀숲에 떨어진 뒤 수로 안으로 굴러 떨어졌다는 것이다. 수로의 시멘트 모서리에 떨어졌으면 죽었을지도 모른다고 했다. 떨어질 때 왼팔을 짚었는데 부러진 것 같다며 통 힘을 주지 못했다. 가방도 논바닥에 널브러져 있다. 세나가 동민이를 부축하고 내가 가방과 자전거를 끌어내었다. 모두 다 옷이 엉망이 될 정도로 힘들었다. 우선 휴지로 동민의 얼굴에 묻은 피를 닦고 손수건으로 이마의 상처를 감싸 지혈했다. 동민의 왼쪽 손은 퉁퉁 부어올랐다. 힘이 없어서 아래로 축 처질 때마다 동민이가 소리도 내지 못하고 입을 벌리며 인상을 썼다. 마침 엄마가 금사리 집에 갖다놓으라는 무릎담요가 있어서 길게 접어 목에 건 뒤 팔을 걸어주었다. 아무래도 왼팔의 뼈가 부러진 것 같았다. 세나가 동민 엄마에게 전화를 했다.

동민이 엄마가 맨발로 뛰쳐나왔다.

"엄마아~아앙앙."

동민이는 제 엄마를 보자 아기처럼 울었다. 동민이 엄마는 엉망이 된 세나와 내 모습을 보고 너희들도 다친 거 아니냐며 일단 병원으로 가자고 했다. 자전거는 파출소로 가져가 누구 소행인지 알아내야 한다고 아줌마가 단단히 별렀다. 자전거 브레이크 줄에 날카로운 칼자국이 나 있는 게 보였다.

그 바람에 동민이와 함께 있는 시간이 길어졌다.

간호사 언니가 소독과 지혈을 하며 흘낏 세나와 나를 보더니 말했다.

"누가 응급 처치를 한 거야? 너희들이?"

세나와 내가 고개를 끄덕였다.

"제법 지혈을 잘했다. 잘못 여몄으면 이마의 상처가 더 벌어졌을 텐데, 그것도 그렇고 임시 팔걸이도 기가 막히게 해줬는데?"

간호사 언니가 기특하다는 듯 우리 둘의 머리를 쓰다듬은 뒤 나갔다.

"고, 고마워."

동민이가 고개를 숙인 채 말했다.

"뭐라고 했냐? 그런 말도 할 줄 아냐?"

세나가 동민이의 얼굴을 일부러 올려보며 말했다. 동민이는 부끄러운 듯 고개를 애써 돌렸다.

"너 나한테 할 말이 그것밖에 없냐?"

세나가 다그치듯 물었다.

"뭘?"

동민의 얼굴이 붉어졌다.

"근데, 너희들이 왜 우리 동네에?"

동민이가 말을 딴 데로 돌리며 말했다.

"벼리, 너네가 은사리로 이사 온다는 소문이 사실이야?"

동민이가 재차 물었다.

"소문 아니야."

내가 답했다.

"그래서 지난번에 물어본 거구나. 설마 했는데. 그 집에 대
해 떠도는 말은 알고 오는 거지?"

"몰라, 알 필요도 없고."

내가 그딴 떠도는 말 따위는 이제 중요하지 않다는 듯 잘라
말했다. 여울 언니의 다이어리가 떠올랐다. 다이어리의 내용
을 떠올릴 때마다 뭔가 불뚝불뚝 울분 같은 게 들끓었다. 한
사람이 죽었고 한 집안이 풍비박산 났다. 그것도 모자라 소문
에 소문이 덧씌워져 버려진 곳이 되었다는 게 화가 났다. 정말
비난받아야 하고 벌을 받아야 할 대상은 따로 있는데 화살이
엉뚱한 데로 돌려진 상황 같았다.

"그래, 뭐……."

동민이가 제 아픈 팔로 눈길을 돌렸다.

"그리고 부탁인데, 오늘 일 아무한테도 얘기하지 마."

대답을 받아내고 싶은 듯 동민이가 우리를 번갈아 쳐다보았다. 그때 세나가 엉클어진 제 머리를 가다듬고 말했다.

"누군가 브레이크 줄을 끊어놓은 건 확실한 거네. 칼로 잘라놓은 것처럼 중간이 끊어져 나갔잖아. 넌 누구인 거 같아?"

동민이 난감한 얼굴로 고개를 숙였다.

"같은 학원 다니는 애는 형모밖에 없어."

동민은 조심스럽게 말했다.

"형모가 왜?"

세나를 따돌리는 데 앞장서는 아이도 형모이다. 형모는 회장 선배의 꼬붕이라고 할 정도로 가깝게 지낸다. 내가 다시 다그쳐 물었다.

"형모가 왜 너를?"

동민이 고개를 들고 나를 바라보았다.

"벼리 네가 더 잘 알잖아."

동민이 고개를 돌리며 숙어진 목소리로 말했다. 동민의 귓불이 발갛게 달아올랐다. 이쯤 되면 나한테 눈치 없게 굴어도 된다는 소리로 들렸다.

"세나 때문에?"

내가 세나 눈치를 슬쩍 보며 물었다. 이참에 동민의 마음을 전해주고 싶기도 했다.

"왜, 왜 나 때문에?"

세나가 당황하며 다그쳐 물었다.

"동민이가 세나 좋아하는 거 회장 선배도 알았겠지, 형모 통해서."

세나는 회장이라는 말에 몸을 곧추세우며 긴장하는 것 같았다.

"모임에 들어오라고 했는데 내가 대답을 안 한 것도 있어."

동민이가 풀죽은 목소리로 덧붙였다.

세나를 좋아하는 아이들 중 한 명인 동민이는 그간 표현도 대시도 하지 못했다. 우리 학교의 짱인 회장 선배와 바보 온달이라 불리는 태규 사이에 있는 세나이기 때문이다.

"조동민, 작년 여름 방학 때 너도 그 자리에 있었다는 게 좀 놀라웠어."

세나의 말에 동민이 얼굴이 발갛게 달아올랐다. 그런 뒤 내 눈치를 살피는 것 같았다.

"너, 그걸 쟤한테도 말했냐?"

동민이는 턱짓으로 나를 가리키며 인상을 썼다. 팔이 부러졌을 때보다 더 찡그렸다.

"넌 그게 중요하지?"

세나가 날카롭게 쏘아붙였다.

"그냥 자, 장난이었어. 장난치다 그렇게 된 거야."

"장난? 그게 말이 되니? 누가 너 가지고 그렇게 장난치면? 그때 너는? 그때도 장난이라고 할 거야?"

세나가 동민이를 코너로 몰아세우듯 다그쳤다. 세나는 동민이 엄마보다 더 동민이를 닦아세웠다. 동민이는 고개를 숙인 채 인상을 쓰며 들릴 듯 말 듯한 목소리로 말했다.

"그럴 때 같이하지 않으면 어떻게 되는지 알지도 못하면서……. 네가 더 잘 알잖아. 나라고 뭐 그간 마음 편한 줄 알아?"

"뭐? 뭐라고? 크게 얘기해. 잘 안 들려."

세나는 잘 안 들린다는 듯 재차 물었지만 나는 똑똑히 들었다.

"그만해. 지금은 아프잖아."

내가 세나를 진정시키듯 말했다. 그러자 세나가 목소리를 가다듬으며 동민이에게 말했다.

"그럼 앞으로 내가 하라는 대로 해. 흠흠, 나 좋아한다며."

"뭘?"

"동물의 왕국 이런 거 보면 약한 동물들 수백 마리가 센 동물 한 마리한테 쫓기다 결국 당하잖아. 그럴 때마다 도망가지 않고 다 같이 힘을 합치면 될 거 같은데, 하는 생각 들지 않아? 동물들은 각자도생이니까 그렇다 치지만, 우린 사람이잖아.

생각할 수 있는 힘을 합치자는 거지."

그렇게 해서 태규에게도 짝이 생겼다.

동민이는 영 마뜩잖은 표정으로 태규 옆자리에 앉았다. 주변 아이들 눈치도 슬금슬금 보았지만 여전히 내키지 않는 건 태규와 짝이 되는 것인가 보다. 태규도 동민이가 앉는 것을 보고 겁먹은 표정이다. 태규는 책상을 양손으로 잡고 잔뜩 긴장한 채 주변을 경계했다. 그렇게 세나와 나, 동민과 태규는 한 모둠이 되었다.

그때 가담했던 3학년 선배들은 졸업을 했고, 그러니까 선배 중에 학교에서 태규와 마주칠 일은 없다. 동네에서 맞닥뜨릴 수는 있지만 이다학교 아이들은 대부분 기숙사에 머물기 때문에 마주칠 일은 거의 없다. 문제는 지금 같은 반에 있는 몇몇의 남자아이들과 세나를 곱게 보지 않는 여자아이들의 시선이다. 여자아이들의 경우 회장 선배를 두고 질투에 눈이 멀어 세나를 공공의 적으로 만들긴 했지만 세나에게 악감정을 가지고 있지는 않은 것 같았다.

아이들은 분위기가 전과 다르게 돌아간다는 걸 바로 알아챘다. 우리 모둠을 자주 흘끔거리며 눈치를 봤다. 동민이까지 합세한 걸 보고 형모는 그냥 지나치지 않았다.

"어이, 태규는 좋겠네. 세나도 있고 동민이도 있고 벼리까지, 인기 짱인걸?"

완전 놀림 투였다. 태규는 양쪽 귀를 마구 두들기며 듣기 싫
다는 표시를 했다. 처음부터 제일 용기를 낸 건 태규였는지도
모른다. 태규는 반 아이들끼리 악감정을 가지고 욕을 하거나
놀리면 그 자리에서 듣기 싫다는 듯 발작처럼 반응했다. 어쩌
면 세나가 태규의 편을 들어준 것이 아니라 태규가 세나의 보
호자 역할을 한 건지도 모르겠다는 생각이 들었다.

"태규가 싫어하잖아."

태규의 발작 같은 몸짓을 보고 세나가 말했다. 세나가 팔꿈
치로 동민의 옆구리를 치며 눈치를 줬다. 동민이는 책을 보는
척했다.

형모는 눈을 동그랗게 뜨고 세나를 쏘아보며 말했다.

"난 있는 그대로 얘기한 거야. 좋은 뜻으로 얘기한 건데, 왜
그래?"

태규를 놓고 장난감 삼아 놀릴 때도 이랬을 것이다. 태규는
놀자고 한 말을 그대로 들었을 것이고 시간이 지나 아이들 행
동이 생각한 것과 다르다는 걸 알았을 때는 이미 상황이 달라
진 뒤였을 것이다. 태규의 상태를 알고 아이들은 놀잇감 삼았
을 것이다. 그러다 태규가 울고 소리치자 그게 또 재미있어서
더욱 잔인하게 놀린 것 같았다. 세나의 말처럼 잠자리 꽁지에
보릿대를 길게 달고 날아가는 게 신기하고 재밌어서, 고통에

몸부림치는 모습이 재미있어서 갖고 논 것처럼 말이다. 지렁이에게 오줌발을 쏴대자 발버둥치는 게 재미있어서 낄낄거리는 아이들처럼 말이다.

"동민이 넌 뭐냐? 우리가 놀자고 할 때는 들은 척도 안 하더니."

형모는 동민이도 짚고 넘어가려는 듯 시선을 돌렸다. 동민이가 움찔하면서도 두 주먹을 그러쥐었다. 자전거에 손을 댄 것이 누구인지 밝혀지기 전에는 내색하지 말자고 약속했다.

"윤세나, 이제 회장님도 없는데 나는 어때?"

형모가 세나 옆으로 더욱 붙어서며 말했다.

"미친."

세나가 그러쥔 두 주먹으로 책상을 치며 형모를 쏘아보았다.

"뭐라고 했냐? 응?"

형모의 눈은 장난스럽게 느물거렸다.

"그, 그만해."

동민이가 더듬긴 했지만 낮은 목소리로 말했다.

"뭐? 뭐냐, 너네? 야아, 조동민 너 뭐 하는 거냐?"

형모가 우리 모둠 전부를 싸잡으며 손가락질했다.

내가 일부러 통탕거리며 책상 정리를 했다.

"야, 김벼리, 너도 뭐 할 말 있냐?"

형모가 나를 향해 말했다. 나는 잘됐다는 생각이 들었다. 거칠게 일어서 형모 앞에 섰다. 나서기로 한 거 죽기 살기로 나서보자는 결심이 섰다.

"그만하지, 아이들이 불편해하는 거 안 보여?"

형모의 얼굴을 정면으로 쏘아보며 말했다. 그런 다음 형모의 한쪽 어깨에 손을 턱 올렸다. 형모는 이건 또 뭐야? 하는 눈빛으로 나를 위아래로 훑어보았다. 몹시 당황하는 눈치였다.

"네가 무서워서 피하는 거 같지? 그렇지 않아. 그냥 너랑 엮이는 게 싫은 거야. 그리고 다른 아이들이 너를 피하는 걸 네가 정말 부끄러워해야 하는 거 아니니?"

내가 말하는 동안 형모의 입은 더 크게 벌어졌다. 어디까지 하나 두고 보겠다는 듯 같잖은 표정이었다. 내 두 무릎은 의지와 상관없이 사정없이 떨렸다.

주위를 둘러보자 다들 얼이 빠진 모양새로 나를 바라보고 있었다. 세나와 동민, 태규도 마찬가지이다. 빨리 이 자리를 벗어나야겠다는 생각이 들었다.

"나가자."

나는 일부러 목소리에 힘을 주며 아이들에게 말했다. 아이들도 어안이 벙벙한 채 엉거주춤 일어서 따라나섰다. 형모는 그때까지도 한 발자국도 움직이지 않고 몰려나가는 우리 모둠을 바라보았다.

세나가 말없이 내 어깨를 감싸 안으며 말했다.

"정말 대단한 사람은 너야."

내가 설핏 웃으며 세나를 보았다. 언젠가 세나에게 했던 말을 내게 그대로 돌려주었다. 그제야 쫄아서 날카롭게 얼어 있던 마음이 조금 누그러지는 것 같았다.

내가 운동장을 향하다 말고 아이들에게 말했다.

"이제부터 따 시키려는 아이를 우리가 따 시키는 건 어때?"

"올, 김벼리. 그러다 벼리 네가 더 무서운 아이 되는 거 아니야? 하하하. 사실 아까 형모한테 또박또박 들이댈 때 좀 무서웠다는……. 헤헤헤."

"아, 그랬어? 사실은 나도 무서워 죽는 줄."

내 말이 끝나자 세나가 내 손을 꼭 잡았다.

"아무튼 형모가 한 방 맞은 얼굴로 서 있는 건 좀 통쾌했다."

동민이가 고개를 숙이며 말했다.

"그렇다고 그 아이들이 따가 되겠어? 아마, 꿈쩍 안 할걸. 누구처럼 왜 이러냐고, 장난이라고, 장난이었다고, 친구 사이에 장난도 못 치냐고 할걸."

세나가 동민이를 슬쩍 보며 말했다.

"그만해라."

동민이가 고개를 휙 돌려 세나를 쩌려보며 말했다.

"어떻게 될지는 시간을 두고 보자. 이미 우리는 네 명이기 때문에 왕따는 아니지 않니?"

내가 세나와 동민의 눈싸움을 자르듯 가운데로 끼어들며 말했다.

"네 명."

태규가 손가락을 네 개 펴 보이며 속없이 웃었다.

관심을 표하지 않지만 나와 전학생 연대를 이루고 있는 전학생들이 네 명이나 있으니 대적할 만하지 않을까 하는 자신감이 생긴 것도 있다. 세나 말처럼 힘을 합쳐보자는 말에 용기가 난 것도 사실이다.

거기다 다행스럽게도 며칠 전에 훈남 한 명이 전학 왔다. 여자아이들의 관심은 훈남에게 향했다. 그동안 세나와 회장으로 인해 버림받은 것 같은 기분을 훈남을 통해 보상 받으려는 듯 과하게 관심을 표했다. 회장 선배는 이미 희미한 옛사랑의 그림자가 되었다.

6교시가 끝날 무렵 형모는 교무실로 불려갔다. 동민이 엄마가 파출소에서 CCTV를 확인했고 형모가 한 짓이라는 걸 알고 학교로 쫓아왔다. 형모는 놀자고 했는데 안 놀아줘서 그랬다고 둘러댔던 모양이다. 다음 날 형모의 부모님이 불려오고 자전거 배상은 물론 치료비까지 책임지기로 했다. 동민이에게 사과하되 같은 모둠원이 되는 건 어떠냐고 물어서 동민이는 기겁하고 상담실을 나왔다고 했다.

학교 선생이었어요, 내 첫사랑의 연적은.

선생님도 저도 그녀를 좋아했죠.

고현을 검색하면 또 하나의 짤이 돌아다닌다. 학교 선생이
라면 국어샘을 말하는 것인가? 선생님이 연적이라고? 남자 화
장실에 낙서를 한 유력한 용의자라고 이실직고하는 격은 아닐
까. 웬만한 악의성이 없으면 그런 낙서를 할 리 없다. 음해하
려는 의도가 아니면 그렇게 치졸한 방법을 썼을까? 소문을 사
실처럼 만들기 위한, 아님 소문을 내기 위한. 사람들은 그런
불순한 의도는 알 길도 없거니와 알고 싶어 하지도 않는다. 떠
도는 말을 사실화하기 급급하다. 말은 단정하게 만들고 믿게
만들고 암묵적 합의를 하게 만들고 묵인하게 만드는 힘이 있
다. 여울 언니의 죽음이 스스로 죽은 것으로 마무리된 것은 그
런 과정을 거쳤기 때문이다. 고현의 인터뷰 방송을 잘 살펴보
면 확실한 혐의점을 찾을지도 모른다는 생각이 들었다.

읽지 않은 다이어리는 이제 몇 장 남지 않았다. 한 사람이
죽음으로 향해 가는 모습을 지켜보는 건 너무나 버거운 일이
다. 숨이 자주 막혔고 이러다 심장이 튀어나오는 게 아닌가 싶
을 정도로 뛰었고 과거의 시간을 넘어 지금 뭔가 하지 않으면
안 될 것 같아 손이 벌벌 떨렸다.

세나와 나는 숨을 크게 몰아 쉰 다음 다이어리의 마지막 장

을 펼쳤다.

결론이 난 건 없다. 책임지는 사람도 사과하는 사람도 없다.

그런 말을 처음 시작한 진원지가 어디인지 찾아내려는 사람은 없었다. 당사자들이 진짜 그렇게 혹은 그와 비슷하게 행동했기 때문에 말이 나온 것은 아니냐고 몰아가는 분위기였다.

나는 이제 거의 낭떠러지에 다다랐다.

안다고 한들 아무것도 변할 건 없다. 애초에 우리 학교로 전학시킬 때 큰 액수의 발전 기금을 낸 전학생의 아버지는 학교에서 일어나는 어떤 일이든 무마할 수 있는 힘이 있다. 다시 얼마의 발전 기금을 내고 전학시키는 거로 덮어버렸으니까.

나는 무진이와도 되도록 얼굴을 보려 하지 않았다. 무진이도 낙서의 내용처럼 날 볼지도 모른다. 무진이가 몇 번이나 집으로 찾아왔지만 나는 방문을 열지 않았다.

그냥 무섭다. 모든 게 무섭다. 방문을 열고 나설 때 나에게 닿는 모든 바람이 칼날이 되어 나를 벨 것 같았다.

무엇보다 아빠가 나를 믿지 않는 건 충격이었다. 아빠는 나를 보자마자 그 말이 사실이냐고 다그쳤다. 온 동네에 파다한 소문이 사실이냐고 물었지만 아빠는 묻는 게 아니었다. 아빠는 이미 그 말을 믿고 있었다. 내가 아무리 아니라고 해도 왜 그런 말이 떠도느냐고 했다. 당분간 나가지 말라고 했다. 학교든 어디든.

아빠는 밤마다 술을 마셨다.

어느 날, 이사 가자는 얘기가 안방에서 흘러나왔다. 눈에 보이지 않으면 상처도 남지 않는다고 믿는 건가? 눈에만 보이지 않는다면 괜찮은 건가. 전학생을 다시 전학시키는 거로 덮어버린 그 아이 아버지와 무엇이 다른 걸까.

엄마, 아빠도 내가 부끄러운 것이다. 어딘가로 숨기듯 나를 감추고 싶은 것이다.

내 얘기를 하는 곳에 왜 나를 부르지 않았을까. 오빠도 있었는데 왜 내가 없는 자리에서 나에 대한 상의를 했을까.

국어샘은 학교를 떠나던 날 교장샘을 비롯한 다른 선생님들과 격렬히 싸웠다고 했다. 루머를 만든 사람을 찾아내야지, 루머의 희생양을 겨냥한다면 루머를 만들어낸 사람과 무엇이 다르냐는 것이다. 말이 통하지 않는다고 했다. 생각 자체가 다르다는 건 세계가 다른 것이고, 세계가 다르다는 건 어떤 것도 통하지 않는다는 것이기 때문에 괴로워했다.

너무 물렁하게 지도하더니만 학교 규율이 땅에 떨어졌다고 생활지도부를 맡은 국어샘을 탓하는 소리가 더 컸다.

고등학교에 입학했어도 그 소문은 그대로 따라왔다. 처음 본 아이들이 이상한 눈으로 나를 쳐다봤다.

"걸레."

그 말이 지나가는 아이의 입에서 나왔다. 처음 본 얼굴이다.

죽어야 할 것 같았다. 죽어야 끝날 것이다.

지워지지 않는 낙서가 영원히 나를 따라다닐 것이다.

다이어리 사이에는 언제 쓴 건지 모르는 아버지가 준 손편지도 있다. 얼마나 접었다 폈다 했는지 접힌 선이 날깃날깃했다.

요즘 많이 힘들지?

네 얼굴만 봐도 아빠는 다 안다.

우리 딸이 아니면 이 집도 짓지 않았고,

네 방 창문 앞에 별목련나무도 심지 않았을 거야.

유난히 흰 꽃을 좋아하는 엄마를 위해 뒤뜰에는 백매화를, 앞뜰에는 순백의 배꽃을 심고 유난히 함박눈을 좋아하는 너를 위해서는 별목련나무를 심었지. 지붕으로부터 흰 눈이 내려오는 것처럼 보이고 싶어 일부러 어느 정도 자란 나무를 구해 심었다.

이른 봄부터 무르익는 4월까지 따뜻한 함박눈이 내리길 바라는 마음에서 심었단다.

순백의 청순하고 깨끗한 딸로 자라나길 바라는 마음에서 심었단다.

여울아,

널 사랑으로 낳았고 이토록 사랑으로 길렀다는 것만 생각해
다오.

언제 쓴 것일까. 날짜가 없어서 사건이 터지기 전인지 후인
지 알 길은 없다. 가슴이 뻐근했다. 아버지의 지극한 사랑으로
도 붙잡을 수 없었다니.

어쩌면 아버지의 사랑이 여울 언니를 더 죽음으로 향하게
했을지도 모른다. 아버지의 사랑에 보답하지 못했다는 생각
에, 아버지가 바라는 순백의 모습이 아닐 거라는 생각에.

그 이후의 다이어리에는 짤막한 메모처럼 한 문장씩만 쓰여
있다. 그 문장의 무게는 너무 무거워서 읽기가 힘들었다.

살고 싶지 않다.

죽 고 싶 다.

일기장 맨 마지막 장에 다다랐다.

나는 더 이상 깨지고 싶지 않다.

너무나 아프다. 세상 모든 아픔이 내 몸에 와닿는 것 같다.

그러기 전에 나는 내 안의 나로 응집하려 한다.

안녕,

안녕을 고할 때가 됐다.

심장이 쑥 빠지는 것처럼 공허함이 밀려오고 그 자리에는 뭉텅이진 울음이 가득 찬 것 같았다. 결국 이렇게 끝난 것인가. 이렇게 끝날 수밖에 없었던 것인가.

세나와 나는 일기장을 덮으며 어떤 말도 꺼내지 못했다. 두 무릎 사이에 얼굴을 묻고 숨을 몰아쉬었다. 숨을 쉬어도 쉬어지지 않는 것 같았다. 말할 수 없는 슬픔이란 이런 것일까.

그렇게 아무것도 하지 못하고 멍한 상태로 며칠이 지났다. 가슴에 구멍이 뻥 뚫린 것 같아서 아무 의욕도 나지 않았다. 여울 언니가 지금 눈앞에서 어떻게 된 것 같았다. 오래전의 이야기가 파동이 되어 지금에 다다른 것처럼 너무나 힘겨웠다. 세나는 더 이상 터트리자는 말도 하지 않았다. 가만히 살피는 모습이 나를 기다려주는 것 같았다.

다행스럽게도 그 무렵 shoot으로부터 다이렉트 메시지가 왔다.

shoot: 답이 늦었네요. 그간 일이 바빴어요. 여울이 생각할 때마다 마음이 많이 힘들었고요. 여울이와는 중학교 때 친구였어요. 한 동네 살진 않았지만 여울이 생일에 놀러가곤 했어요. 집이 예뻐서 참 인상적이었어요. 그래서 바로 알아볼 수 있었어요. 고등학교 입학 후 여울이의 죽음 소식을 듣고 믿기지 않았지만 확인하는 것도 두려웠어요. 후에 여울이네 집에 가보았지만 집은 오랫동안 비워놓은 것처럼 휘휘했어요.

그물코: 연락 주셔서 감사드려요. 은사리 집에서 여울 언니 다이어리를 발견했어요.

shoot: 정말요? 뭐라고 쓰여 있던가요?

그물코: 화장실 낙서 사건요.

shoot은 한참 동안 메시지를 보내지 않았다.

shoot: 기억해요. 잊을 수가 없죠. 그때 나서지 않은 것이 어떤 결과를 낳았는지 지금은 너무나 잘 알죠. 그때 같은 공간에 있었던 것만으로도 죄가 되는 것 같았어요.

그 당시에는 괜히 나섰다가 그런 식의 말이 나에게도 튈까 봐 다들 겁먹은 분위기였어요. 국어샘이 여울이를 무척 아꼈던 건 누구나 알고 있었어요. 여울이에겐 정말 미안하지만 그게 사실이 아니라는 확신도 없고요. 낙서니까, 그야말로 낙서니까 그냥 떠돌다 말겠거니 한 것도 있어요. 그 일로 여울이가 그렇게 될 줄은 몰랐으니까요.

그 일로 인해 어떤 과정을 겪었는지 본인 외에는 아무도 모른다. 고통은 갈피갈피 매분 매초 진행되는 것이며 그 상처의 깊이가 어디에 어떤 모습으로 닻을 내리고 결국 어떤 선고를 내릴지는 아무도 모른다. 그 과정이 이 다이어리 안에 기록되어 있다. 일기의 마지막 장을 덮을 때 명치끝이 아리도록 아팠다.

못 본 척하거나 방관하는 것도 가해라고 했다. shoot도 과거의 시간에 일정 부분 잡혀 있는 것 같았다. shoot은 더 이상 메시지를 보내오지 않았다. 정말 중요한 말은 묻지도 못했는데, 얘기를 꺼내는 것조차 힘들어 보였다. 그래도 여기서 멈출 수는 없다는 생각이 들었다. 다시 shoot에게 메시지를 보냈다.

그물코: 많이 힘들었겠어요. 일기를 읽으며 저도 마치 제가 겪은 것처럼 너무나 아팠어요. 사실 지금도 너무 힘들고요. 저를 믿고 편하게 말씀하셔도 돼요. 여울 언니를 통해 지금 shoot님과도 연결된 거잖아요. 분명 이유가 있을 거란 생각이 들어요. 저도 지금보다 더 큰 용기를 내려면 언니의 도움이 필요해요. shoot님이 블로그에 들어와 댓글을 남긴 것도 용기라고 생각해요.

그 이후 여울 언니에게 무슨 일이 있었던 걸까요? 일기를 쓸 수 없는 상태가 된 이후요.

마음을 다잡을 시간이 필요했던지 한참 후에 답글이 왔다. 뭔가 결심한 듯.

shoot: 사람이 갔을 때는 이미 여울이가 구두를 벗은 지 꽤 시간이 지나 있었어요.

마루 위에 오뚝했던 구두는 말을 하고 있던 거였다. 첫날 받은 느낌이 틀리지 않았다.

그물코: 낙서는 누가 한 것일까요? 일기에는 전학생이라고 쓰여 있지만, 그 전학생이 지금의 배우 고현이 맞나요?

머뭇거리지 않기로 했다. 더 용기를 내기 위해, 그리고 shoot이 다잡은 마음을 풀기 전에.

shoot: 맞아요, 그 전학생이 바로 배우 고현이라는 걸 나도 얼마 전에 알았어요. 토크쇼 나와서 가증 떠는 걸 보며 그때 그 시간으로 돌아간 듯한 생각이 들어서 마음이 좀 복잡하고 힘들었어요. 그러니까 본인 스스로 그 문을 연 셈이죠. 지옥의 문을. 내 가슴속에서 뭔가 꿈틀거리는 게 느껴졌으니까요.
낙서하는 걸 본 아이가 있다는 소문만 있었지 누군지는 몰랐어요. 그 아이는 그때도 그랬지만 지금도 나서고 싶지 않아 해요. 지금에서야 겨우 얘기를 하더군요. 우연찮게 목격했고 못 본 척했다고 했어요. 끄집어낸 다고 하여 뭐가 달라지냐고 하더군요. 여울이의 죽음 이후 우리 모두가 그랬던 것처럼요.

여울이는 제 방에서 나오지 않은 날이 늘어갔어요. 아무도 여울이를 방 밖으로 불러낼 수 없었어요.

여울이를 방 밖으로 불러내기 위해 여울이 아빠가 망치로 문을 부순 적 이 있어요. 이따위 집이 무엇이냐며 아빠가 미친 사람처럼 집안 살림을 때려 부순 거예요. 그러면 나올 줄 알았던 거죠. 여울이는 더 꼭꼭 숨어버 렸어요. 그런 뒤 어느 날 아무도 없을 때 일이 일어나고 만 거예요.

아버지는 자신이 여울이를 죽음으로 몰아넣었다고 생각했어요. 그렇게 다그치지만 않았어도 여울이가 그렇게까지 되지는 않았을 거라고 하면 서. 그 후 여울이의 목숨을 앗아간 서까래며 기둥을 사정없이 내리쳤어 요. 여울이네 집이 그렇게 풍비박산 난 얘기는 이웃 마을까지 파다했으 니까요.

집은 무너져 내린 게 아니라 무너트린 거였다.

shoot: 그 집을 버리듯 떠나 엄마는 술로 하루하루 버티다 병이 들었고, 아버지는 병원비를 위해 그 집을 급히 처분한 거로 알고 있어요. 엄마는 돌아가시고 그 후 아버지도 산골 깊숙이 들어가 행방을 알 수 없다는 얘기만 들리고. 오빠 소식은 더욱 모르고.

그 아름다운 집에 살던 아름다운 사람들이 증발하듯 사라졌는데도 아무도 책임지는 사람이 없다니. 아무도 벌받은 사람이 없었다니.

그물코: 고현은 지금 이렇게 잘나가는데, 이건 아니지 않아요? 가만히 있으면 안 되는 거잖아요.

분한 마음이 알 수 없는 곳에서부터 끓어올랐다. 세나에게는 흥분하지 말자고 했고, 나 자신에게도 몇 번이고 되뇌인 말인데도 불구하고 때때로 불쑥불쑥 솟구쳤다.

shoot: 그물코님의 마음을 모르는 건 아니에요. 블로그에 올린 사진을 보며 그물코님이 뭔가 준비하고 있다고 짐작했어요. 그물코님도 지금 많이 힘들겠구나 생각했어요. 대신 섣부르게 하다간 외려 당할 수 있어요. 무고나 명예훼손으로요. 그쪽은 생각보다 강한 시스템을 가지고 있어요.

그물코: 철저하게 준비해야 한다는 말씀이죠?

shoot: 해프닝이나 가십 정도로 끝나면 안 되니까요. 아니라고 반박 기사 내고 무고라고 하면 안 되잖아요. 소송에 휘말릴 수도 있고요.

shoot이 말한 소송, 무고 이런 것이 무엇인지 체감되지 않지만 두렵지 않은 건 아니다. 그 모든 것을 무릅쓰고라도 해야한다고 생각하는 것의 최종 목적지에는 여울 언니가 있다. 여울 언니를 위해서 나서야 한다고 생각했다.

고현이 새로운 드라마에 캐스팅됐다는 기사가 연일 이어졌다. 후속작을 뭐로 결정할지에 관심이 높았다. 세나는 "이럴 때 터트려야 폭발력이 센 건데……" 하며 나를 살폈다.

shoot은 마음의 준비는 물론 증거 확보도 확실히 한 다음 시작하자고 했다. 공소시효로 따지면 아주 오래된 일이고 죽음과 직접적인 관련이 없다고 할 수도 있으며 무엇보다 소송에 휘말릴 수도 있는데 그런 면에서 고현 측은 우리보다 훨씬 힘이 세지 않겠냐고 강조했다. 그래서 shoot은 증인을 만나 설득해보겠다고 했다.

shoot이 여울의 일기를 볼 수 있냐고 메시지를 보내왔다. 여울이에겐 미안하지만 확신이 필요하다고 했다. 아직까지 죽음의 이유에 확신이 없었다니, 놀라웠다. 그리고 화가 났다. 당시의 사람들도 여전히 여울 언니의 죽음에 대한 진실을 물음표로 남겨두었을지도 모른다는 생각이 들었다. 여울 언니가 끝끝내 자신을 벼랑 끝으로 몰 수밖에 없었던 이유를 조금은 헤아릴 수 있을 것 같았다.

내가 한참 동안 답을 하지 않자, shoot은 미안하다고 메시지를 보내왔다. 어딘가로부터 힘을 얻고 싶다고 했다. 나도 그게 무엇인지 안다. 내 마음이 여기에 다다르기까지 수많은 도움 닫기가 필요했듯 shoot도 그럴 것이다.

그래도 좀 망설였다. 유서와 같은 일기이기 때문이다. 가볍게 다루는 것처럼 비춰서는 안 될 것 같아서이다. 그렇지만 그때의 진실을 밝히기 위해 힘을 낼 수 있는 일이라면 여울 언니도 허락할 거라는 생각이 들었다. 일기의 일부를 스캔하여 메일로 보냈다. 그 끝에 이렇게 덧붙였다. 사실은 무척 무섭고 두렵다고.

일기를 보낸 다음 날, 네이트판 고현의 기사 아래 shoot이 댓글을 달았다. 내게 아무런 예고도 없이.

고현 때문에 사람이 죽었다

파급력은 거셌다. 우리 고현님이 그럴 리 없다, 무턱대고 이게 무슨 말이냐, 무슨 근거로 마치 살인자로 모는 발언을 하냐며 실명을 밝히라고 했다. 수많은 댓글이 달렸으며 팬클럽에서는 무고죄와 명예훼손으로 고소한다고 시끄러웠다. 예상한 대로였다. 그러자 곧바로 포털사이트에 '구설에 오른 고현'이라는 기사가 짧게 나왔다. 구설 정도로 표현되었다. 구설이라니, 공연히 시비를 걸거나 헐뜯기 위한 말이라고? 이 또한 예상대로 흘러가는 것 같았다. shoot이 쓴 한 개의 문장은 그렇게 돌덩이가 되어 파문이 이어졌다.

심장이 걷잡을 수 없이 뛰었다. 가둬놓은 물이 순식간에 쏟아져 그 물살에 내가 떠밀려가는 느낌이었다. 고현의 팬이나 기자들보다 더 화가 나는 건 shoot의 돌발 행동이었다.

shoot에게 메시지가 왔다.

> **shoot:** 놀랐죠? 미안. 여울이의 일기를 보고 도저히 참을 수 없었어요. 너무 속상해서 그날 술을 좀 했거든요. 어떤 형태든 빨리 그 자식에게 지옥의 문을 열어줘야겠다는 생각이 들어서. 그리고 증인과 연락이 닿기도 했고. 그래서 용기가 난 건지도 모르겠어요. 전면에 나서지는 않지만 고현이 어떤 태도를 취하느냐에 따라서 댓글을 달기로 약속했어요. 그래서 증인으로 나서겠다는 말에 책임지라는 의미에서 내 마음이 조급해진 것도 있고요. 이렇게 엎질러진 물이 돼야 증인도 더 이상 숨지 않을 것 같아서요. 핑계 같지만 술의 힘을 빌린 것도 있어요. 다시 한번 미안.

팽팽하게 당겨졌던 고무줄이 툭 끊긴 느낌이었다. 한편으로는 긴장감이 이완되며 차라리 잘됐다는 생각이 들기도 했다. 사람들에게 알리는 것이 첫 번째 일이라면 shoot이 불을 당겨준 것에 고마워해야 하는 것일까. 어떻게든 시작을 해야 겠다는 생각으로 마음을 다잡고 있었지만 무엇부터 시작해야 할지 몰라 쿵쾅대는 심장을 주체하지 못하던 중이다. 증인의 마음이 바뀌기 전에 어떻게든 잡아두려는 shoot의 마음이 무 엇인지 알지만 나는 준비할 시간이 더 필요했다. 다시 생각을 원점으로 돌려보았다. 과거를 터트려서 고현의 배우 생활을 추락시키는 것이 여울 언니를 위한 것일까 생각해보았다. 어 떤 것이 진정으로 여울 언니를 위하는 것일까. 상황이 달라져 도 변할 수 없는 것 한 가지는 잊지 말자는 생각을 다잡았다.

　나는 가쁜 숨을 몰아쉬며 shoot에게 메시지를 보냈다.

그물코: 좀 놀랍네요. 이렇게 아무 말도 없이. 전 고현의 과거를 폭로하 는 것이 목적이 아닙니다. 중심이 어디에 있는지를 다시 생각했으면 좋 겠습니다. 진짜 중요한 것은 고현이 여울 언니에게 사과를 하는 거라고 생각합니다. 그걸 우리 두 눈으로 똑똑히 지켜봐야 하고요. 그게 마루 위에 있던 구두가 제게 하는 말이라는 생각이 듭니다. 다이어리에 여울 언니가 숨죽이며 토해내던 말들에 대한 답이라고 생각합니다. 그래서 shoot님의 성급함에 화가 나네요.

shoot은 메시지를 읽었음에도 답하지 않았다.

우선 고현의 반응을 지켜보기로 했다. 증인도 고현의 반응에 따라 행동한다고 했다. 어쩌면 이 사태를 보고 증인이 더욱 몸을 숨길지도 모른다는 생각이 들었다.

팬들의 항의성 댓글이 끝없이 이어지고, 고현의 팬은 아니지만 진실을 알고 싶다는 의견도 많았다. 당사자인 고현은 왜 아무 소리도 없느냐, 침묵은 인정이라는 뜻이냐고 다그치는 말도 있었다. 당사자 때문에 사람이 죽었다고 하는데 이렇게 공인으로 버젓이 TV 화면에 나와도 되느냐고 하는 사람도 있었다. 인기로 사는 사람에게 이런 분위기는 타격이기 때문에 어떤 제스처라도 할 것이다. 처음엔 부정, 그러다 변명, 그러다가 사과를 했는지 안 했는지조차 모르게 마치 화면 속에서 사라지는 것이 정당한 벌인 것처럼 시간을 보내는 셀럽들을 많이 봤다. 사람들은 빨리 잊으니까. 시간이 지나면 된다는 식으로 어느 정도 있다가 다시 얼굴을 비추는 경우 또한 많았다.

고현이 SNS에 짧은 입장문을 올렸다.

안녕하세요? 고현입니다. 저 때문에 사람이 죽었다는 말은 비약입니다. 오래전 일입니다. 아무것도 모르고 제 마음을 표현하는 것만 중요하다고 생각하던 시절이었어요. 그때의 제 행동과 생각이 거칠긴 했지만 그녀가 죽음을 선택하는 데에 직접적인 책임이 있는지는 그때도 지금도 잘 모르겠습니다. 다만 고인이 된 그녀의 명복을 빌 뿐입니다.

고현의 글을 읽는 동안 그의 담담하면서도 뻔뻔한 태도에 잠시 멍했다. shoot의 말처럼 사람들은 그냥 해프닝으로 가볍게 넘겨버릴 수도 있다는 생각이 들었다. 살아 있는 자는 말을 할 수 있고 죽은 자는 말을 할 수 없기 때문이다. 우려했던 현실이 벌어진 것 같았다.

어떻게 대처해야 할지 몰라 혼란스러웠다. 뭔가는 해야 할 것 같은데, 뭔가 할 수 있는 카드는 분명 내 손에 들려 있는데 아무 데도 쓰지 못하고 지레 겁먹고 주저앉아 허둥대는 것 같았다.

"고현이 어떤 말을 하고 어떤 글을 올리든 상관없어."

굳은 얼굴로 서성거리는 나를 보고 세나가 말했다. 나는 우리에 갇힌 짐승처럼 거친 숨을 몰아쉬며 방 안을 빙빙 돌았다.

"정말 세게 한 방 먹이고 싶다."

세나가 크게 숨을 뱉은 뒤 말했다. 아무 말이 없는 나를 향해 세나가 이어 말했다.

"그러니까 우리는 우리의 할 일을 하면 돼. 세상 사람들에게 사실을 알려주면 된다고."

우리의 할 일, 나의 할 일. 세나가 무척 어른스러워 보였다. 세나는 종종 간명하게 내 생각을 정리해줄 때가 있다. 잔가지 같은 건 쳐내고 굵은 기둥만 보자는 것이다. 벼리 네가 정말 다다르고 싶은 곳이 어디인지만 생각하자고 했다. 단번에 갈 수는 없으니 단계를 차곡차곡 밟아가면 되는 거라고 했다. 세나는 선배와의 일이 있고부터 확실히 달라졌다. 사건이나 문제 속에 매몰되지 않으며 어떻게 힘을 모아 쓸지가 중요하다고 했다. 살아남는 게 중요하고 살아가는 게 중요한 것처럼 진짜 무엇이 중요한 건지, 누가 잘못한 건지, 잘못한 사람이 벌을 받아야 하는 이치만 생각하자고 했다. 잘못하지 않은 사람이 괴롭힘을 당하고 죽어가는 것에 더 이상 가만히 있지 말자고 말했다.

고현의 입장문에도 내가 어떤 행동도 하지 않자 shoot이 메시지를 보내왔다.

shoot: 그때의 상황을 얘기해줄 증인을 더 확보했어요. 직접 본 것은 아니지만 그때 들은 말을 그냥 못 들은 척 무시했다고 했어요. 고등학교 입학 후 여울의 죽음 소식을 듣고 그제야 자기의 무관심과 침묵이 어떤 결과를 초래했는지 알았다는 거죠. 지금까지 여울의 죽음을 털어내지 못하고 가슴속에 옹이처럼 품고 살았다고 했어요. 침묵하는 건 가해자와 다를 바 없다는 생각이 그렇게 마음의 감옥을 만들었겠지요. 이제야 털어낼 시간이 온 것 같다고 하더군요. 마침 그 뚜껑을 고현이 건드려준 거고요. 현재 고현이 보이는 태도는 정말 아니라고 생각하는 분위기예요. 토크쇼에서의 태도는 그때 사람들을 더욱 자극했고요. 고현에게 용서받지 못한 과거의 시간을 돌려주자는 마음이에요. 그래서 더욱 용기를 내도 좋겠다는 생각이 들었어요. 그물코님 말처럼 여울이에 대한 뒤늦은 도리라는 생각이 들었고, 다시 한번 말하지만 내가 먼저 나서는 게 그물코님을 위한 것이라고 생각했어요. 혹여 이 일로 인해 힘든 일이 생기더라도 그물코님과 나누고 싶었어요. 이제 화 푸세요. 그리고 천천히 해도 괜찮아요. 용기를 내는 게 얼마나 어려운지 아니까요.

우린 모두 떨고 있었다. shoot도 나도 세나도. 진실을 말하는 것도 진실에 가까이 다가가는 것도 그것을 세상에 드러내는 것도 힘에 부치는 일이었다. 그렇지만 그걸 누군가 알아주고 함께한다면 더 힘이 나겠다는 생각이 들었다. shoot의 메시지로 인해 조금 힘이 나는 것도 같았다. 겁이 나서 떨고 있는 나를 나처럼 떨고 있는 다른 사람이 꼭 안아주는 것 같았다.

그물코: shoot님의 진심 어린 말 잘 전달받았습니다. 고맙습니다. 혹시 무진 오빠, 연락되는지요?

증인 여럿 중 무진 오빠는 아닐까, 하는 희망이 앞섰다. 그리고 무진 오빠만큼 그때의 상황을 정확히 말해줄 사람이 또

있을까 싶었다. 끝까지 여울 언니를 따뜻하게 안아준 사람은
무진 오빠밖에 없지 않을까 생각했다. 그런 무진 오빠이기에
절대로 여울 언니를 잊지 않았을 거란 생각이 들었다.

shoot: 지금은 연락하고 지내는 사람이 없는 듯. 아예 한국을 떠났다는
말도 있고요. 무진이는 그 후 죽은 사람처럼 공부만 했으니까요.

나는 블로그 하나를 더 만들었다. 포문을 열 때가 된 것이
다. 내 손끝은, 어느 때보다 단단했다. 떨지 않았다.

　-마루 위에 벗어놓은 구두가 하는 말-
　배우 고현이 답할 차례

이제 구체성을 띨 때가 됐다. 디테일하게 고현의 행위를 나
열할 때가 된 것이다. 고현이 무엇을 잘못했는지 조목조목 알
리는 창구가 될 것이다. 이제부터 이곳에 내가 하고자 하는 말
을 할 것이고 뜻을 같이하는 사람들의 '말할 수 있는 비밀'을
올릴 것이다.
　여울 언니가 고현으로부터 진정한 사과를 받을 때까지 멈추
지 않을 것이다. 링크를 퍼 나르고 연결하여 새로운 의견을 올
리고 당시의 이야기를 들려줄 새로운 말이 찾아오길 기다릴

것이다.

블로그 메인 창에는 마루 위에 오뚝했던 가죽 구두 사진을 올렸다. 내가 은사리 집에서 제일 먼저 찍은 사진이며 내 머릿속에 인장처럼 찍혀 있는 모습이다. 그 아래 운영자 소개글에는 다음과 같이 올렸다.

당신을 기억합니다.

끊임없이 말을 하는 당신의 흔적들을 봅니다.

오랫동안 기다리게 해서 미안합니다.

당신이 듣고 싶은 말이 무엇인지 헤아리고 아파하며 찾아보겠습니다.

그리고 들려드리겠습니다.

여기에

그 소리를 기록하겠습니다.

고현이 SNS 입장문 낸 것을 캡처하고 토크쇼에서 이야기했던 고현의 첫사랑 짤도 올렸다. 그리고 그 아래 고현의 과거 시간을 보여주듯 피노키오 인형 사진을 올렸다. 목에는 누런 밧줄이 둘러져 있고 고개는 한쪽으로 기울었으며 곰팡이가 여기저기 피어난 모습이다. 십여 년의 세월을 고스란히 간직한 모습이다.

고현이 이 사진을 보면 어떤 생각을 하게 될까?

shoot에게도 세나에게도 동민에게도 엄마의 이웃 블로거들에게도 링크를 보냈다. 주변에 많이 뿌려지길 바란다는 말과 함께. 얼마 되지 않아 이웃 블로그 숫자가 순식간에 늘어났다.

댓글이 달리기 시작했다.

　-지난번에 나왔던 말이 사실인가요?
　-지난번 토크쇼에서 얘기한 그 피노키오 인형? 진짜 고현의 첫사랑?
　-섬뜩.
　-헐, 뭐야. 무슨 사연이 있는 거야? 정말 죽인 거야?
　-선물로 줬다는?
　-그게 뭐?
　-그러는 댁은 누구신가요? 당사자는 죽었다고 하는데 누가 이런 장난
　　을 하는 겁니까?
　└당사자 죽음 이런 말 함부로 하지 마시죠, 전 고현과 중학교 동창입
　　니다. 당시 고진현(고현의 본명)이 어떤 짓을 했는지 알고 있습니다.
　　고진현의 낙서로 인해 한 사람이 죽고 많은 사람들이 다쳤습니다.
　　이렇게 나서준 블로거님께 감사드립니다. 필요하다면 얼마든지 나
　　서겠습니다. 비밀 댓글로 연락처 남기겠습니다.
　　└여기 증인 하나 추가요.
　　└증인 여기도 있습니다.

shoot은 일단 댓글로 압박을 하자고 했고 증인들도 릴레이하기로 약속한다고 했는데 다들 약속을 지켜주었다.

나는 다시 사진 하나를 더 올렸다. 폐허가 된 은사리 집이다. 마루 위에 가죽 구두가 있고 그 옆에 붉은 무늬 상자가 있으며 하얀 국화가 놓여 있는 장면이다. 그 아래 짧게 글을 올렸다.

마루 위 붉은 무늬 상자 속에서 일기장 발견, 십칠 년 전의 상황이 고스란히 적혀 있습니다. 거짓 낙서로 인해 그녀가 어떻게 죽음에 이르게 되었는지 낱낱이 들어 있습니다. 그때 낙서했던 사람의 숨소리까지 적혀 있습니다. 낙서를 한 사람은 누구일까요?

여기 십여 년 전, 한 사람의 낙서로 인해 죽음을 선택한 한 여학생이 있습니다. 그녀를 위해 위로의 글을 올려주세요. 추모의 글을 기다립니다.

고현의 새 드라마 캐스팅을 보류한다는 보도가 나왔다. 그제야 소속사는 진위 여부를 가리겠다는 단신을 짧게 발표했고 고현은 자신의 계정에 또 하나의 글을 올렸다.

철없던 때는 좋아하는 마음 하나로 목숨을 걸기도 하거든요. 상대방이 어떻게 생각하는지는 중요하지 않았어요. 그녀도 저도 그랬어요. 제가 그곳을 떠난 이후 죽음 소식을 들었어요. 억울합니다.

고현은 그렇게 두루뭉술하게 실체를 흐리는 말을 반복했다. 여전히 자신에게는 잘못이 없다는 말이었다. 억울하다니. 고현은 아무것도 변한 게 없으며 여전히 아무것도 두렵지 않은 것 같았다.

비밀 댓글이 달렸다. 당시 고현의 중학교 동창이라는 사람이었고 언제든 도움이 필요하면 연락하라고 연락처도 남겨놓았다.
또 한 명은 고현이었다.

너
누구니?

고현이 물었다. 내가 답할 차례이다.

나는 여울 언니가 모아놓았던 물건을 상자에서 모두 꺼냈다. 그런 다음 내가 모은 자료를 하나씩 넣었다. 모든 것은 사진으로 인화해놓았다. 피노키오 인형, 무너진 은사리 집, 곰팡이 핀 강여울의 다이어리, 고현과 강여울이 한 반이었음을 증명하는 스냅 사진, 죽음으로 내몰린 과정이 쓰여 있는 일기는 한 장 한 장 스캔까지 떠놓았다.

노트북에는 모든 자료를 파일화 시켜놓았다. 파일이 없어진다 하더라도 나는 얼마든지 다시 만들어낼 수 있다.

얼마 전에 세나와 함께 여울 언니의 일기글을 한글 파일로 정리하는 것을 마쳤다. 필요하다면 여울 언니의 일기를 공개할 것이다. 이보다 더 명확한 증거가 또 있을까. 그렇지만 언제까지나 일기는 최후의 보루이다. 그게 여울 언니에 대한 나의 예의라고 생각한다.

나는 지금 고현의 물음에 대답할 글을 쓰고 있다. 일기 내용을 그대로 쓰는 건 여울 언니를 두 번 죽이는 일이 될 것 같아 최후까지 미룰 작정이다.

배우 고현에게 답하는 글

당신이 물었으니 이제 제가 답할 차례가 되었군요.

당신의 이다중학교 3학년 시절을 기억하지요? 물론 은사리도 기억하겠지요. 그곳에는 강○○이 살던 집이 있습니다. 그 집은 폐가로 오랫동안 버려져 있었습니다. 사람이 죽어나간 흉가라는 소문과 함께요. 전 얼마 전에 이 집으로 이사 온 김○○입니다. 그곳에서 십칠 년 전의 일기를 발견했습니다. 잠들지 못한 그녀의 목소리가 생생히 적혀 있더군요.

이제부터 그녀의 목소리를 그대로 전해주는 것이 당신의 물음에 대한 저의 대답입니다. 그때의 당신이 어땠는지, 낱낱이 들려 드리는 게 나의 대답입니다.

그 시절을 떠올리게 하기 위해 길게 설명할 것도 없다는 생각이 드네요.

피노키오 인형도 그 일기와 함께 나온 것이니까요.

화장실 낙서 사건 기억나지요?

그 낙서 때문에 한 사람이 죽었습니다. 그 후 그녀의 어머니가 죽었고요, 아버지가 행방불명이 됐고요, 오빠는 소식을 모릅니다. 누군가는 이 나라를 아예 떠났고요, 당시 그 시절을 함께했던 많은 사람들이 죄인 같은 마음으로 지금껏 살았다는 것도 밝힙니다.

마치 그녀의 죽음이 자신과는 무관한 것처럼 그녀 스스로 죽은 것에 대한 책임을 회피하려는 태도는 정말 눈뜨고 볼 수 없더군요. 거기다 비극으로 끝난 아련한 첫사랑처럼 포장하는 말솜씨는 구역질이 올라올 정도입니다.

그녀의 죽음에 당신은 아무것도 하지 않았다고요? 당신의 말이 아예 틀렸다고는 말하지 않겠습니다. 그러나 한 사람을 죽음으로 내몰고도 그렇게 행복한 모습으로 많은 사람들 앞에 서는 당신 모습은 받아들일 수 없습니다. 그 시절의 당신을 아는 사람들에게 가해를 하는 거나 마찬가지니까요.

그리고 고인이 된 강○○ 님을 두 번 세 번 죽이는 것이니까요.

당신이 어떤 태도를 보이느냐에 따라 강○○의 일기를 올리겠습니다.

당신이 얼마나 치졸하고 비열한 방법으로 한 사람을 낭떠러지로 밀어 버렸는지 보여드리겠습니다. 그 일기장 속에는 당신의 소름끼치는 숨소리까지 적혀 있습니다. 낱낱이 적혀 있는 그녀의 일기를 보면 당신을 아끼는 사람들이 어떤 반응을 보일지 몹시 궁금하군요.

고현이 블로그에 비밀 댓글로 물은 넌 누구냐의 말에 나는 공개글로 답글을 올렸다. 고현이 어떻게 나오든 세나의 말처럼 나는 나의 할 일을 하면 되는 것이다. 엔터를 치는 손끝은 어느 때보다 냉철했고 힘이 있었고 단호했다.

블로그에 또 하나의 사진을 올렸다. 고현과 여울 언니가 한 반이었음을 증명하는 스냅 사진. 여울 언니 얼굴은 모자이크 처리 후 올렸다. 그리고 여기저기 푸른곰팡이가 올라온 노란색 다이어리 사진을 올렸다.

고현이 다시 비밀 댓글을 달았다.

난 아니라고 했다.
일기 보내라. 껍데기 보고 믿으라고?

누구보고 보내라 마라 해? 두 손이 벌벌 떨릴 정도로 쾌씸했다.

나는 보란 듯이 사진 한 장을 또 올렸다. 일기장의 실체를 믿지 못하겠다면 방법이 없는 건 아니니까.

날짜가 선명하게 적혀 있고 그 아래 쓰여 있는 하나의 문장, 전학생이 왔다. 페이지를 펼쳐서 찍었다.

비밀 댓글이 달렸다.

원하는 게 뭐니?
ㄴ낙서했다는 것을 인정하고 진심 어린 사과문을 당신의 계정에 공개로 올려주세요. '진심 어린'이란 말을 잊지 마세요.
ㄴ너 잘못 짚었어. 난 아니야.

많은 인플루언서들이 '고현이 답할 차례'라는 제목으로 블로그 주소를 링크 걸었다. 고현에게 관심조차 없었던 사람도 알 수밖에 없을 정도로 포털사이트 메인 화면에 도배되다시피 했다.

계약한 광고가 취소되었고 그간 출연했던 예능 프로그램에서 삭제 편집되어 방송되었다. 소속사도 손을 놓는 눈치였다.

며칠간 침묵을 지키던 고현은 연예인 가십을 주로 다루는 라이브 방송에서 직접 입장을 밝히겠다고 나섰다.

진행자가 다소 어두운 표정으로 조심스럽게 고현을 향해 말문을 열었다.

"요즘 많이 힘드시죠? 고현 씨께서 하실 말씀이 있다고 하여 마련한 자리입니다. 당시 무슨 일이 있었길래 한 사람이 죽고 많은 사람이 상처받았다고 하는 걸까요? 근거는 있는 말일까요? 연루라는 말이 적합할지 모르겠지만 지금 엄청난 파장이 일고 있는데, 직접 고현 씨의 말씀을 들어보죠. 연예가 라이브 단독 방송입니다."

"큼큼, 먼저 이런 자리를 마련해주셔서 감사드립니다."

고현은 고개를 돌려 마른기침을 두어 번 한 뒤 마이크를 잡았다.

"결론부터 말씀드리자면 전 당시 낙서를 하지 않았습니다."

그는 미간을 찌푸리며 말을 이었다.

"제가 하지도 않은 일로 이런 상황까지 온 게 믿기지 않습니다. 아주 오래전의 일이었고 기억도 잘 나지 않습니다. 증거도 없고 증인도 없는 일로 이렇게 사람을 몰아가도 되는지 묻고 싶습니다. 그렇지만 저 때문에 상처받은 분이 계시다면 사과드리겠습니다."

기억나지 않는다고? 그는 과거로부터 하나도 달라진 게 없어 보였다. 아니, 더 나빠진 것 같았다. 자신의 잘못을 인정하지 않았으니 어떤 반성도 없었을 것이며 외려 하지 않았다고 거짓말하기 위해서 포장하거나 괜찮은 사람인 척 가식 떠는 기술이 늘어났을 뿐이다.

고현의 말이 끝나자 실시간 댓글이 빠르게 올라갔다.

잠시 말을 끊은 고현을 대신해 진행자가 말을 이었다.

"그런데 어째서 이렇게 말이 불거지고 있을까요? 방금 전에 증인이라고 하셨는데, 아 직접 전화 통화하겠다는 분이 있습니다. 고현 씨 중학교 동창이라고 합니다. 당시 상황을 잘 알고 있기 때문에 고현님을 위해 용기를 냈다고 하는데 들어보는 건 어떨까요?"

고현이 고개를 숙이고 있다가 번쩍 치켜들었다.

"네, 얼마든지요. 좋습니다."

고현을 위해 용기를 냈다는 말에 가슴이 철렁 내려앉았다.

"저는 고현과 같은 중학교를 다녔습니다."

남자의 목소리는 차분했다.

"배우 고현, 본명 고진현은 중학교 3학년 때 저희 학교로 전학을 왔습니다. 그때나 지금이나 조금의 변화도 없군요. 인정도 반성도 할 줄 모르는 고현을 위해 나섰습니다. 저는 그날 화장실에서 고진현이 낙서하는 것을 보았습니다. 그 낙서는 한 사람을 죽음으로 내몰았고 단란했던 한 집안을 지옥으로 만들었습니다. 좋은 선생님 한 분을 영원히 교직에서 떠나게 만들었고, 그 일로 인해 한국을 떠날 수밖에 없는 사람도 있었습니다."

그는 시종일관 차분함을 잃지 않고 말을 이었다. 누구일까?

"잠, 잠깐만요. 봤다고요? 제가 낙서하는 것을 봤다고요? 말
도 안 되는 거짓말을. 하하하, 너 누구니?"

고현의 낯빛이 푸르게 질리는가 싶더니 이내 통쾌하게 웃다
가 싸늘히 표정을 바꾸며 물었다. 상대방은 대답이 없다. 1초
가 백 년처럼 흘렀다.

"나는 정 무 진입니다."

순간 나는 두 귀를 의심했다. 정무진? 무진 오빠라고? 무진
오빠가 낙서하는 것을 보았다고? 일기와 얘기가 달랐다. 여울
언니의 일기대로라면 무진 오빠가 거짓말을 하고 있는 거다.
거짓말은 안 된다. 이런 상황에서 거짓말이라는 게 드러나면
모든 게 다 조작으로 끝날 수도 있다.

"잠, 잠깐만요, 뭐라고요? 정무진? 하하하, 허허허, 정무진이
라고? 네가 그 자리에 있었다고? 하이 참, 새끼 거짓말하네."

고현은 미친 사람처럼 실실실 웃음 섞인 말로 비아냥거렸
다. 고현은 어떤 자리인지 구분도 못하는 것 같았다. 아무렇지
도 않게 욕설을 섞을 정도로 흥분한 것 같았다.

"……."

또 백 년과 같은 1초가 흘렀다. 다시 고현이 윽박지르듯 소
리쳤다.

"대답해!"

고현이 흥분한 만큼 실시간 댓글도 숨 가쁘게 올라갔다.

"응, 있었어."

고현의 태도와는 대조적으로 흐트러짐 없는 목소리가 흘러나왔다. 단정적이고 확고한 목소리였다.

"거짓말하지 마, 그때 분명 화장실에는 아무도 없었어."

스튜디오 안은 진공 상태처럼 정적이 흘렀다. 진행자는 물론 스태프들까지 입을 벌린 채 고현을 향한 채였다.

화면에는 확인할 수 없을 정도의 댓글이 올라갔다. 자신이 무슨 말을 했는지도 모르고 벙찐 표정으로 반응을 살피던 고현은 하얗게 질린 얼굴로 스튜디오를 박차고 나갔다.

나는 화면을 뚫어져라 바라보다 다리에 힘이 풀려 그 자리에 풀썩 주저앉았다. 너무 긴장한 탓이다. 세나가 다가와 나를 꼭 안았다. 한참 동안 아무 말도 하지 않았다. 그렇지만 우린 서로의 말을 알아들었다. 그간 보낸 시간의 밀도로 봤을 때 말로 하기에는 너무나 모자랐다.

곧바로 shoot에게서도 메시지가 왔다. 그동안 고생 많았다고. 나는 담담한 마음으로 답글을 썼다. 아직 끝나지 않았다고, 고현이 여울 언니에게 직접 공개 사과문을 올리기 전에는 블로그도 없애지 않을 것이고 추모 댓글 릴레이도 계속 이어갈 거라고 했다.

shoot은 무진 오빠 얘기도 전했다. 무진은 지금 뉴욕에 있으며 어렵게 연락이 닿아 그간의 과정을 알려주었다고 한다. 이번 라이브 방송 소식을 전하자 직접 나서겠다고 했던 것이다.

많은 사람들이 고현의 사과문을 기다리고 있지만 라이브 방송 이후 고현은 어떤 멘트도 하지 않고 잠적한 상태였다. 블로그에는 릴레이 추모글이 이어지고 있다. 여울 언니를 기억하는 사람들이 릴레이로 새 글을 달고 있다. 그래서 블로그에는 늘 NEW가 떠 있다. 고현이 사과문을 올릴 때까지 NEW는 사라지지 않을 것이다.

무릎을 펴는 집

　무너져 내려 한쪽 무릎을 꿇은 것 같은 집이 간신히 일어섰다. 기둥을 교체하고 황토 벽돌을 쌓아 무너진 곳을 세웠다. 집 안은 벽마다 황토를 발랐다. 꿰진 마룻장을 교체하고 천장의 까만 서까래 사이에는 흰 회벽 칠을 해 뼈대를 더욱 돋보이게 만들었다. 집 안의 뼈대를 그대로 드러나게 만들어 한옥의 고풍스러움을 살리기 위해 엄마는 날마다 나무를 감싼 도배지를 벗겨내느라 씨름했다. 문마다 창마다 모두 각기 다른 독특한 모양새를 하고 있어 더욱 재미있는 집이라고 했다. 지루할 새가 없는 집, 누가 와도 편안하며 재미있는 집이 되었으면 하는 게 엄마의 바람이었다. 그렇게 다시 살아나게 하여 숨 쉬는 집이 되는 게 엄마의 처음 계획이었다. 그게 엄마가 이 집에 해줄 수 있는 일이고 엄마의 지난 시간을 위한 일이라고 하면서.

바깥벽에도 흰색 회칠을 해 기둥이 그대로 드러나도록 만들었다. 나무틀과 목문이 더욱 도드라져 보이고 구부러진 대들보도 더욱 멋스러워 보였다.

그동안 엄마가 수집해놓은 자수 광목천으로 창마다 커튼을 달 것이다. 대문에서 보면 흰 회벽에 꽃 자수를 놓은 것처럼 보일 것이다.

엄마는 이 집 본연의 모습을 그대로 살리면서도 외할아버지가 지었던 옛집을 떠올리며 수리했다. 묻혀버린 옛집의 기억을 살려 이 집에 반영한다고 했으니.

지금 엄마의 손에는 액자 하나가 들려 있다. 어디에 걸어야 할까 고민하는 것 같았다. 이쪽 벽에도 놓아보고 저쪽에도 대보며 한참 동안 마루를 서성거렸다. 나는 그런 엄마의 등 너머로 액자 속 사진을 보았다. 처음 세나를 데리고 오던 날 뒤꼍을 치우다 말고 엄마가 들여다보며 눈물짓던 사진이었다. 여러 장의 크고 작은 사진들로 빈틈없이 빼곡했다.

엄마가 이 집만 보면 눈물짓는 이유를 아직 듣지 못했다. 이제 말해줄 때도 되지 않았을까 싶었다. 엄마는 액자 달 곳을 정했는지 가붓한 걸음걸이로 마루 위에 액자를 놓았다.

"정했어?"

내가 마루에 걸터앉으며 물었다.

"응, 저기."

엄마가 가리키는 쪽을 바라보았다. 안방과 건넌방 사이 기역자로 꺾어지는 벽면이다. 벽면 중간에는 뒤꼍을 볼 수 있는 쪽문이 달려 있다. 쪽문을 열면 뒤꼍이 훤히 보인다. 감나무도 매화나무도 장독대도. 그 쪽문 위에 이 집 내력을 아는 사람들의 사진을 거는 것이다. 마루로 올라설 때 제일 먼저 눈이 가는 자리였다. 액자 속의 사람들이 어서 오라고 반기는 의미라고 했다.

엄마는 어울린다는 내 말에 의미심장한 웃음을 흘렸다. 엄마는 또 뭔가 궁리를 하는 것 같았다. 내가 모르는 뭔가가 더 있는 모양이다.

"엄마, 엄마가 살았던 집 얘기해줄 때 되지 않았어?"

웬만한 일로는 울지 않는 명랑소녀 같은 엄마의 가슴속에 대체 어떤 상자가 입을 꼭 다물고 있는 걸까.

"글쎄, 너한테 얘기하기가 좀 부끄럽기도 해. 외할아버지, 그러니까 아버지한테 너무 철없게 군 것 같아서. 근데 지금은 말할 수 있을 거 같아."

엄마는 마루 기둥에 몸을 기대어 앉았다. 뜨락 위에 엄마와 내 발이 나란했다. 그 발 위로 별목련나무의 그림자가 어리대었다. 부드러운 봄바람이 마당 안을 쓸고 갔다.

엄마가 어렸을 때 살던 집은 지금 없어졌어. 이 집처럼 오랫동안 폐가로 있었는데 엄마가 팔아버렸거든. 그때는 집이 하나도 중요하지 않았어. 외할머니, 그러니까 어머니를 살리는 게 더 중요했지. 아버지는 끝까지 팔지 못하게 했어. 아버지가 미웠지. 어머니가 죽어가는데도 끝까지 고집을 부리는 걸 보며 이기적이라고 생각했거든. 그래서 병원비가 필요하다는 이유로 아버지 허락도 없이 팔았어. 아버지에게 어떤 식으로든 상처를 주고 싶었나 봐, 못됐지? 왜 그렇게 못되게 굴었나 몰라. 그때는 그렇게라도 하지 않으면 가슴이 터질 것 같았어. 화가 나서 어찌할 바를 몰랐거든.

살던 집을 있는 그대로 버려두고 나온 이유는 아버지가 사업에 실패하고 빚쟁이들이 쳐들어오는 날이 이어졌기 때문이야. 어머니는 충격으로 병이 생겼고, 어느 날 야반도주하듯 집을 나와 도망 다녔어. 그나마 집이 남의 손에 넘어가지 않은 건 아버지가 내 이름으로 돌려놓았기 때문이야. 아버지는 그 집만은 지키고 싶었던 것 같아.

그 집은 아버지가 어머니에게 청혼을 하며 어떤 모양의 집을 짓고, 마당에는 어떤 나무를 심고 어떤 꽃을 심으며 담장은 무엇으로 할지, 뒤뜰은 어떻게 꾸밀지 그림까지 그려가며 약속한 집이었거든.

당시 어머니 생각에 이렇게 자상한 남자라면 제 식구는 끝까지 책임지겠다는 믿음이 보여서 결혼을 결심했대. 그런데 아버지는 그런 어머니의 믿음을 깨버렸어. 사업에 실패한 것이 아버지의 잘못이라고 보지는 않아, 실패할 수도 있어. 그런데 그 후의 아버지 태도가 문제였어. 술 아니면 집을 나가 떠도는 게 일이었거든. 어떻게든 함께하려고 마음먹었다면 어머니도 그렇게 병이 깊어지진 않았을 거고 나도 가난했지만 아버지를 원망하진 않았을 거야. 가난하다고 누구나 불행하진 않아, 돈이 많다고 누구나 행복하지 않듯이. 어머니가 죽어가는 것을 지켜보는 고통만큼 돌아오지 않는 아버지를 기다리는 원망도 깊었어.

나중에 돌아와 그 집을 지키고 싶어 하는 아버지가 위선적이라는 생각이 들었어. 당시에는 집, 추억 뭐 이런 게 하나도 중요하지 않았어. 그 집을 생각하면 속이 쓰리고 아팠어. 그 집은 아무짝에도 쓸모없는 아버지와 동일시되었어. 어쩌면 버리고 싶었는지도 몰라. 그 집도 아버지도.

중환자실 중간 정산을 하지 못해 쩔쩔매는데도 아버지는 집 파는 걸 허락하지 않았어. 그 집은 내 이름으로 된 유일한 재산이었고 어떻게든 어머니를 살리고 싶었어. 아버지는 돈을 구하러 간 뒤 한동안 또 소식이 끊겼고, 나는 그 집을 팔아버렸어. 돈을 구한다고 나간 뒤 감감무소식인 아버지를 내 가슴속에서 내치듯이 집을 헐값에 넘겨버렸어.

나는 아버지가 돌아가실 때까지 그 집이 남의 손에 넘어간 걸 모르는 줄 알았어. 아버지가 돌아가시기 전, 혼자 그 집을 가보았더니 딴 세상이 되어 있는 거야. 뒤에는 야트막한 산이 있고 앞에는 큰 내가 흐르는 곳이었는데, 완전 전원주택 단지가 되어 유럽풍 집들이 산 중턱까지 밀고 올라가 있고, 하류에는 댐이 생겨 주변 들판은 다 물속에 잠겨 있는 거야. 그때 내가 무슨 짓을 했는지 알게 되었어. 내 유년과 내 아버지, 어머니의 아름다운 시절을 물속에 수장시킨 느낌이 들었고, 뭉개버린 느낌이 들었어. 내 과거도 사라진 느낌, 아무것도 아닌 것이 된 것 같은 느낌, 아버지가 그토록 그 집에 집착했던 이유가 무엇일까. 그제야 되짚어지기도 한 것 같아. 그 집에 있던 물건조차 너무나 아파서 꺼내오지 못했는데 그래서 고스란히 두고 온 살림살이가 눈에 밟혔어. 당시 새 주인에게 그것은 그냥 쓰레기에 불과했겠지. 포클레인으로 밀어 묻었거나 버려졌겠지. 집도 마찬가지고. 옛집에 대한 어떤 흔적도 볼 수 없었으니까.

은사리 이 집을 보자 어렸을 때 우리 집이 나타난 듯하여 눈앞이 아찔할 정도였어. 너무나 익숙한 구조와 전경이라 숨이 쉬어지지 않을 정도였다니깐. 그리고 내가 무슨 짓을 했는지 그제야 사무쳐 오는 거야. 하얗게 배꽃이 피던 우물가, 맑은 물이 찰랑대던 샘물, 가지가 늘어지던 감나무와 하늘 높은 줄 모르고 위로만 올라가던 모과나무, 한 개 한 개 쌓아 올렸던 돌담과 흙벽돌, 나를 낳고 아버지가 내 방 앞에 심어놓은 꽃사과나무, 우물가에 박아놓은 돌멩이 하나까지 아버지, 어머니 손길이 가지 않은 곳이 없었는데. 무엇이든 잘한다고 응원해주던 아픈 어머니, 그런 어머니를 외면했다고 생각했던 아버지를 오해한 세월들이 자꾸만 겹쳐오는 거야. 이미 집은 사라지고 산천의 모습도 달라졌는데. 그 집만 생각하면 등이 시리도록 추웠어. 풀 길이 없어 아득했는데 이 집을 만나게 된 거야. 이 집을 수리하게 된 것은 사실 나를 위한 것이기도 했어. 누군가 내가 살던 집을 그렇게 뭉개버리지 않고 소중히 손으로 쓸어주었다면 정말 위로가 될 것 같았어. 누구든 머물렀다 간 흔적이 있는데 그것을 읽어주고 소중히 여겨준다면 참 좋겠다는 생각이 들었던 거야.

벼리 네가 아토피로 고생할 때 공기 좋은 곳으로 이사 가려고 전국을 다녔잖아. 그때 팔아버린 그 집을 많이 생각했어. 네 피부가 짓무르고 잠도 못 자고 고통스러워할 때마다 엄마가 잘못한 걸 네가 벌받고 있는 건 아닌가 생각하기도 하고.

그 후 마침 그런 내 마음을 알아채기라도 한 것처럼 너무나 비슷한, 마치 그 시절로 돌아가 위로라도 건네라고 나타난 것처럼 은사리 이 집이 보였던 거야.

아버지가 돌아가시기 전, 내게 통장을 내밀며 그 집을 다시 사라고 했어. 깜짝 놀랐지. 모르고 계신 줄 알았는데 다 알고 있었던 거야. 그때서야 여쭤봤어. 왜 그렇게 그 집에 집착하냐고. 당신 인생 중 그 집을 짓고 나를 낳고 기르던 그때의 좋은 추억만 가져가고 싶다고, 그런 좋은 모습만 보여주고 싶었는데 뜻대로 되지 않아서 너와 엄마에게 미안하다고 하는데, 그 순간 뜨거운 것이 속에서 올라와 그 자리를 뛰쳐나왔어. 아버지에게 그 집은 집이 아니라 끝까지 지키고 싶었던 엄마와 나였던 거야.

엄마가 손톱 밑이 까맣도록 이 집에 정성을 쏟은 이유를 조금은 헤아릴 수 있을 것 같았다.

"할아버지가 돌아가셨으니 어떻게 할 도리가 없어 부대꼈는데 이 집을 고치며 할아버지께 엄마가 손을 내민 것 같았어."

엄마에게 옹이처럼 박혀 딱딱했던 것이 조금 풀어지는 것도 같다고 했다. 은사리 집이 본연의 모습으로 돌아갈수록 엄마의 얼굴이 펴지는 것을 보았다.

여울 언니 방이었던 건넌방은 천장을 뜯어내어 층고를 높였다. 부러진 서까래는 다른 것으로 교체하고 서까래와 대들보가 그대로 노출되도록 하여, 천장을 올려다보면 마치 멋진 구성 작품을 보는 듯한 느낌을 주었다. 특히 엄마는 그 방에 유독 정성을 많이 들였다. 가장 예쁜 자수 커튼을 달고 드러난 뼈대마다 나무색을 살리느라 사포질을 하고 여러 차례 오일을 발라 윤을 내었다. 천장에는 흰색 페인트칠을 해 나무 뼈대가 까맣게 도드라지게 만들었다. 하이라이트는 하얀색 샹들리에를 천장 높이 달아준 것이다. 여울 언니가 가죽 구두와 함께 신었던 레이스 양말을 닮았다.

장작불을 지필 수 있도록 아궁이를 만들고 가마솥을 걸었다. 가마솥 주변 부뚜막에는 이 집 마당에서 건져 올린 색색의 타일 조각들을 조각보 깁듯 흰색의 회칠 사이에 박아 넣었다. 은은한 색깔의 조각보처럼 보였다. 그 아래 아궁이에는 장작불이 발갛게 달구어져 그동안 젖어 있던 방을 따듯하게 데워 주었다.

작은방은 창틀을 그대로 살려 통창을 내었다. 별목련나무가 전면으로 보였다. 바깥 풍경이 액자틀에 담긴 그림처럼 보였다. 별목련나무 둥치 사이로 마당이 보이고 돌담 너머 길이 있고 길 건너에는 논과 밭이 즐비하고 맨 끝에는 은강저수지 물이 햇볕을 받아 반짝거린다. 은강저수지는 해가 뜰 때도 해가 질 때도 물비늘을 털며 해의 걸음걸이를 그대로 보여주었다.

엄마는 이 집에서 나온 깨진 기왓장 하나도 버리지 않았다. 기와 조각이나 사기 조각은 펌프가 있는 우물가에 박아 무늬를 내거나 아궁이가 있는 부뚜막 위에 타일 조각들과 높이를 맞추어 문양을 넣었다. 가마솥과도 잘 어울렸다.

아빠는 집수리가 거의 마무리 되어갈 즈음 조각도를 손에 쥐고 바빴다. 목판에 세 개의 글자를 새기기 위해서이다. 세 개의 글자 서체는 여울 언니 일기장에서 따왔다. '아·고·힐' 세 글자를 찾아 사진을 찍고 그 글자를 확대한 다음, 출력하여 나무 판에 붙여 파냈다. 여울 언니 글씨체를 쓰자는 건 순전히 내 아이디어이다. 이 집이 아고힐이 된 건 아무래도 여울 언니 덕분인 것 같기 때문이다.

이 집을 수리하는 데는 그동안 아픔을 함께 나눠온 이웃 블로거들의 응원이 컸다. 많은 사람들의 쉼터가 될 수 있으면 더욱 좋지 않겠냐는 제안을 했다. 아마 엄마는 그때부터 나름의 계획을 세운 듯했다. 언제까지나 가족회의에 붙여 결정한다고 했지만 엄마는 벌써부터 결심을 한 것 같았다. 엄마는 아빠와 내가 이 집의 쓰임에 대해 그다지 신경 쓰지 않는 걸 알고 있다. 솔직히 말하면 나는 이곳에 엄마 아빠가 눌러앉는 건 처음부터 반대였기 때문에 흔쾌히 좋아라 했다.

그래서 아토피로 고생하는 아이들을 위한 힐링의 집, 일명 '아고힐'로 당호를 정하게 됐다. 엄마는 형식상의 가족회의 끝에 이렇게 말했다.

"이 집이 눈에 띈 이유를 비로소 찾은 듯."

엄마가 이 집의 사용 목적을 간단하게 정리해 블로그에 올렸다. 언제든 예약만 하면 쓸 수 있으며 약간의 사용료를 부담하는 쉐어의 집, 누구나 쉬고 싶으면 올 수 있는 열린 집이다. 엄마의 발길이 처음 이 집으로 향한 데에는 분명한 이유가 있을 것이며 수리하는 동안 자연스럽게 그 이유가 찾아왔고 이 집을 지켜본 사람들이 마침표를 찍어 정리해준 셈이라고 했다.

누구든 와서 몸이든 마음이든 치료할 수 있는 집, 그렇게 다시 기운을 얻어갈 수 있는 집이면 좋겠다고 엄마의 뜻을 밝혔다.

블로그 대문 사진에 새롭게 단장한 은사리 집을 올렸다. 그 아래 엄마의 손 글씨 그대로 초대의 글을 올렸다.

많은 사람들의 온기로 채워주세요.
이 집도 그렇게 치료하는 시간이 필요합니다.
그리하여 서로 힘을 얻어가는 우리의 공간으로 거듭나길 바랍니다.

주방은 카페로 만들어 누구든 들러 차를 마시고 커피를 내려 마실 수 있는 공간으로 꾸몄다.

이웃 블로거들의 신청이 쇄도했다. 서로 먼저 오겠다고 난리였다. 먼저 집들이 겸 번개로 다 같이 모이는 거로 합의를 보았다. 내가 올린 브이로그와 사진을 보고 어디에 어떤 인테리어를 하면 좋을지 의견을 주셨던 분들이다. 거울이든 의자든 이 집과 어울리는 소품을 하나씩 가져오기로 했다. 엄마가 쉐어의 집이라고 선언하자 더욱 적극적이었다. 적정량의 사용료와 적정량의 손길이 언제든 필요하기에 이 집을 사용하는 동안은 그 사람이 주인인 양 가꿔달라고 요청했다.

별목련꽃이 하얗게 지붕 위를 덮었다. 마치 함박눈이 내리는 집 같았다. 회색의 지붕 위로 탐방탐방 눈송이가 내리는 것처럼 보였다. 그 눈송이는 오랫동안 정지 상태가 되어 그대로 멈춰 있는 것처럼 하얗게 빛났다.

작은방에는 여울 언니의 가족사진이 걸려 있다. 활짝 핀 별목련나무를 뒤로하고 대문 앞에서 찍었던 사진이다. 그 아래에는 이렇게 쓰여 있다.

-이 집의 처음 주인-

여기를 방문한 사람도 이 집의 내력에 한 페이지를 장식하란 뜻에서 사진을 찍어 벽에 붙이기로 했다. 그렇게 여울 언니의 가족사진 곁에는 또 다른 가족사진이 늘어갈 것이다.

제일 첫 번째로 걸린 사진은 나와 세나와 태규와 동민이 함께 찍은 것이다. 여울 언니 방에 제일 먼저 묵은 사람들이기 때문이다. 모둠으로 하는 수행 평가가 있어 우연치 않게 함께

밤을 샌 적이 있는데 그때 찍은 것이다. 태규는 눈을 감았는지 떴는지 모르겠고, 동민이는 장난꾸러기처럼 태규의 목을 끌어안고 있으며 나와 세나는 서로 마주 보며 쑥스럽게 웃는 모습이 담겼다.

대문에는 '아·고·힐' 목간판이 걸려 있다. 여울 언니의 부드럽고 동그란 글씨체가 그대로 묻어났다. 유난히 'ㅇ'을 동그랗게 쓰는 글씨체는 더욱 따뜻하고 부드러워 보였다.

그 목간판 위로 4월의 부드러운 바람이 지나갔다. 목간판이 바람에 살짝 흔들렸던가. 보이지 않는 어떤 것이 슬쩍 건드리는 것처럼 보였다.

붉은
무늬
상자

창작 노트

낮선 곳에 갔을 때 받는 신선한 자극이 있다. 잠자고 있던 세포가 퐁퐁 깨어나는 느낌이랄까. 그래서 여행을 좋아하고 걸어보지 못한 길을 찾아 끊임없이 기웃거리곤 한다. 낯선 장소에서 만나는 사물들은 내게 많은 이야기를 들려주는데 그때 나의 상상력은 걷잡을 수 없이 질주하게 된다.

『붉은 무늬 상자』 속 은사리 집도 낯선 곳에서 맞닥뜨린 폐가를 통해서 이야기가 펼쳐졌다. 장소가 먼저 영감을 주었고 당시 몰두해 있던 테마, '용기'와 은사리 집이 만나 실타래 풀려나가듯 이야기가 쏟아졌다.

이 소설을 쓰며 가장 많이 했던 질문은 '진정한 용기란 무엇인가'이다. 내 안의 두려움을 이기고 타인을 위해 나서며 오래된 편견에 맞설 때 그 진가가 발휘된다고 본다. 살면서 나는 진정한 용기를 몇 번이나 냈던가, 아니 한 번이라도 제대로 낸 적이 있던가? 물어보는 시간이었다. 못 본 척 외면하고, 핑계와 합리화 뒤에 숨고, 상처받고 손해 볼 것 같아 적당히 비겁했음을 고백한다.

학교에서 일어나는 크고 작은 폭력에 대해 생각해보았다. 따돌림, 신체폭력, 언어폭력 등 한 명의 피해자가 있고 한 명의 가해자가 있을 때 교실 안에는 분명 그것을 지켜보는 수많은 눈이 함께 있었다. 그 수많은 눈이 외면하고 침묵할 때 폭력은 더욱 거세지고 지속될 수밖에 없다. 그럴 때 작은 목소리일지라도 누군가 용기를 낸다면 그 용기가 다른 사람에게 옮겨가고, 그것이 또 다른 누군가에게 닿는다면 폭력은 조금이라도 줄어들지 않을까 생각한다.

죽을 것처럼 무섭고 힘들지만 용기를 내야 할 곳에서 용기를 내는 것. '그러는 건 아니라고, 그건 잘못된 거라고' 말하는 법을 배우고, 말하는 힘을 길러 누구나 '폭력에 대한 감시자'가 된다면 가능하지 않을까 생각한다.

수많은 두려움과 싸우며 진정한 용기를 낸 모든 분들께 존경을 표한다. 그들 덕분에 세상은 조금 천천히 나빠지고 있는 건지도 모르겠다며, 위안 삼아본다. 이 이야기가 어디든 가닿아 조금이라도 용기를 내는 데 힘을 보탤 수 있다면 바랄 것이 없겠다.

오랜 시간 원고를 기다려준 특별한서재 식구들께 감사함을 전한다.

이 이야기의 초고를 쓰기 위해 달려간 담양 '글을낳는집', 두 손 벌려 환영해주던 그곳 4월의 기운, 감사하다.

2022년 봄, 김선영

붉은 무늬 상자

ⓒ 김선영, 2022

초판 1쇄 발행일 | 2022년 6월 15일
초판 9쇄 발행일 | 2023년 9월 11일

지은이 | 김선영
펴낸이 | 사태희
편집인 | 최민혜
디자인 | 권수정
마케팅 | 장민영
제작인 | 이승욱 이대성

펴낸곳 | (주)특별한서재
출판등록 | 제2018-000085호
주 소 | 08505 서울특별시 금천구 가산디지털2로 101 한라원앤원타워 B동 1503호
전 화 | 02-3273-7878
팩 스 | 0505-832-0042
e-mail | specialbooks@naver.com
ISBN | 979-11-6703-051-1 (43810)